真の英雄たちの物語

Hakuryou Taketoshi
白龍虎俊

文芸社

序

まだこの世の三次元が不安定であり、はっきりと闇が闇であり、光が光であった、とある時代、とある次元における話である。

これから語る物語は空想でもなければファンタジーでもない。今、我々が生きているこの世界を正しい方向に導くために、陰から支え、人々を救わんと願い、活躍した英雄たちの苦悩と葛藤を描いた、謂《い》わば、〝本当の意味での真実の物語〟なのである。

この世においては、ごく希《まれ》に次元や時の流れがゆらぎ、重なり合い、歴史上では出会うはずのない人々が出会う、不思議な縁が生じることがあった。神仏もまた、たびたび人界に現れ人々を導いてきた。

それらの高次元の光の存在である神仏たち、そして英雄たちが織りなす物語こそが、この日本という国の真の歴史である。古来、日本は世界でも類を見ない独自の文化を育んできた。我々が知る史実のある部分は、時の権力者などによって都合の良いように書き換えられた仮初《かりそ》めの幻影なのであろう。

我々は、それぞれの歴史の舞台で、光の存在からこの世を正しい方向に導くメッセージを受け、その導きに沿って活躍し、苦しみ、戦い抜いてきた英雄たちの真の姿を知ることになる。それにより、現在に生きる我々は、今の世界の矛盾、人として正しく生きることの大切さ、あるべき未来のビジョンを獲得することができるであろう。

（註）この書の中に、〝光の存在〟という言葉が頻回に出てくる。この光の存在とは、我々が、抽象的な意味でよく使う神・仏に当たるが、実は、その存在は〝高次元の知的エネルギー生命体〟を意味する。

もくじ

第五章 源義経と弁慶の秘密

第一章

弘法大師、桓武天皇、帝釈天《たいしゃくてん》による壮大な計画

1　桓武天皇の苦悩

真夏の夜の湿ったしとねの上、桓武天皇は悪夢にうなされるようにして、深い苦悩に身を捩《よ》じらせていた。自ら理想とする国家の設立と藤原氏との対立によって、彼の心は嵐の如く荒れ狂い、引き裂かれていた。とりわけ、朝廷内に潜む敵対する派閥が、彼の地位を絶えず脅かしていることに焦燥していた。

平安京の中にいる者たちの多くは、欲望に身を任せた者であった。皆、隙あらば彼を玉座から追い落とし、自らの一族の人間を高い地位に立てようと企んでいた。彼はそのような邪悪な人間に囲まれながら、この国を理想の国へと導かねばならぬのだ。

彼は、一つの理想的な国の姿を思い描いていた。それはすべての民が飢えることなく、平等に教育を受け、奪い合ったり、争ったり、殺し合うことなく、協力し合って生きる、平和と慈愛に満ちた国の姿であった。だが、当時の朝廷は一部の貴族だけが豪奢な暮らしを楽しみ、平安京の外の人々は、まともな生活を送るどころか、人間としてさえ見なされていない悲惨な状況であった。人々は、僧侶の経さえ聞くことができなかった。ただその日を生き延びるのに精一杯で、治安は乱れに乱れていた。しかし、貴族たちは民衆の苦しみに目もくれず、我欲に溺《おぼ》れ権謀術数《けんぼうじゅっすう》を用いて政権争いに明け暮れていたのである。

桓武天皇の一族は、そうした者たちに嫌気がさし、この世の中を変えるためには、自らの一族が力を付けなければならない、と考えていた。しかし、その道のりはまだまだ果てしなく遠く、困難で、険しかった。ともかく対立する邪悪な勢力と戦い、我が身を守る必要があったからである。とりわけ、現在の天皇たる彼にとって、この絶えることがない戦いは心身を苛《さいな》み、疲弊させ、消耗させるものであった。

彼は自分の部屋から逃れ、御苑の中を彷徨《さまよ》っていた。淡い月明かりの下、心の重荷に囚われて我を失い、夢遊病者のようにふらふらと池の畔《ほとり》を歩き続けた。

ふと気づくと、幽玄な薄明かりの中、強烈に光り輝く存在が近づいてきた。桓武天皇はその輝く光の存在に目を細めながら、声を震わせて問いかけた。

「あなたはどなた様ですか？」

その存在は、荘厳な声で答えた。

「我は、天部の将軍、帝釈天《たいしゃくてん》なり。我は其方たちを導くものなり。其方たちが悩んでいるように、この世の狂いを知っている。其方たちは、この世の矛盾で悩み空《むな》しさを感じているであろう。実は、この世が狂ったのには理由がある。申し訳ない、その狂いの原因を作ったのは我である。我は、天部の邪悪な三匹の悪魔を追い払った時、手加減を間違った。そのため奴らは〝三種の神器〟を奪って、この世界に逃げ込んでしまった。そして、この世にその邪悪な三匹の悪魔の〝邪〟がばらまかれ、人々の心にその邪がはびこることになってしまった。我は其方たちと協力して、この世の〝邪〟を浄化していかねばならない」

「邪を？　どのようにすればよいのでしょうか？」と桓武天皇は呆然《ぼうぜん》と尋ねた。
「もう一人、其方も知る人物と集い、協力して事にあたればよい」と帝釈天は答えた。

2　弘法大師・空海の苦悩

史実では博識で、天才と称されている弘法大師・空海は、実は、この世の不条理に悩み、大学を途中でやめて放浪の旅に出た。そのため、経を満足に唱えることもできない雑草のごとき修行僧であった。それでも、燃えるような情熱を胸に秘め、何としても人々を救いたいと切に願いながら、諸国を巡っていた。彼が唯一覚えていた経は、虚空蔵菩薩《ぼさつ》の経だけであったが、旅先で出会う人々に、必死にその経を唱え仏の教えを説いた。その当時の貧困と飢餓、乱れた治安に苦しむ民衆にとって、彼の言葉はまさに命の糧であった。

大師は旅の途中、各地で人々の悲惨な状況に遭遇し、多くの人々の苦悩を目《ま》の当たりにした。土の匂い、血の臭い、涙の塩辛さ、その時代の生活の厳しさが、彼の慈悲深い心に染み入ってきた。彼らを憐れみつつ日々苦悩し、神仏が納められている〝千手大社〟を背負って全国を巡りながら、神仏の教えを伝えるべく経を唱え続けた。しかし、どこに行っても、救いを求める人々で溢《あふ》れていた。彼らは絶望の際《きわ》にあり、希望の光を求めてあえいでいた。天に向かって手を差し伸べて、救わ

れることを祈り、慈悲を乞《こ》うているのであった。

夕焼けに染まる空の下、大師は「この世を去る日がいずれ訪れることは、我も悟っている。しかし、できることならば今生のうちに、正しい世が訪れるその瞬間を目に焼き付けたい」と切に願った。

ある日、大師は自らの無力さに必死に抗うようにして山を登り、岩戸の神社の岩穴に入って一心に経を唱えていた。風が吹きつける岩穴には、祈りの声がこだましていた。すると、空に大きな雷鳴が轟《とどろ》き、空から光り輝く玉が彼の胸元に飛んできた。その光り輝く玉を見ると、その玉の中には、甲冑《かっちゅう》を纏《まと》った威厳ある仏の姿があった。その仏は、「我は、帝釈天《たいしゃくてん》なり。この世の行く末を考えるため一カ所に集まれ」と力強く告げた。

帝釈天とは、仏教の守護神であり、十二神将を束ねる天部の将軍でもあり、天部の最高位に位置する。

かつて帝釈天は、自らの無力さに打ちひしがれている大師の虚しさを埋め、既存の神仏の世界を一新して新しい宇宙を創造するために、彼にある使命を課した。大師は中国（唐）に行って、密教の経典を持ち帰ったという史実があるが、事実はそうではなかった。彼は実際には、地下の亜空間にある『アルザル』とよばれる場所で、光の存在から試練を受けた。

この亜空間を旅する航海中の船で食糧が減っていく中、人々が争い始めた。弱い者を海に投げ捨て口減らしをする、という恐ろしい暴挙が起ころうとしていた時、大師は、「人として生き、人として死ぬべき道を歩むべし」と、最後まで人として生きる道を選ぶよう、船内の人々に必死に説い

た。耳を貸さずに争いを続ける者もいたが、多くの者たちは彼の言葉に心動かされた。その船には、瀬戸内海を主戦場とする裕福な女盗賊が乗り合わせていた。彼女は大師の考えに感銘を受け、彼を大僧正《だいそうじょう》にするために資金を提供することを申し出た。また、船に乗っていた貴族たちは、桓武天皇と繋《つな》がりがあった。その縁により、弘法大師は桓武天皇に謁見《えっけん》する機会を得ることができたのである。

3　菅原清公《きよきみ》の苦悩

菅原道真公の祖父、菅原清公《きよきみ》は、歴史上は菅原道真公に劣らぬ学者であり、文章博士として知られているが、若い頃は学問よりも槍術や弓術、馬術などの武芸に熱心な、血気盛んな若者であった。彼の父、菅原古人《ふるひと》は貧しい学者であったが、家が生活苦にあったため、「学問だけでは出世は望めぬ」と武の道で名をなし、いずれは国を動かすような人間になりたい、と密かに夢見ていた。とは言っても、生まれつき学問の才もあったので、父から幼少より儒教経典と史書を読む教育を受けていた。だから、学者としては、父、古人を尊敬していたが、反面、ろくに家族も養えない父親を不満に思っていた。それでますます武芸にのめり込むようになっていたのである。

菅原氏は、元は大王の喪葬《そうそう》などの凶礼《きょうれい》を掌《つかさど》る土師《はじ》氏であった。父の古人ら十五人が、「居地《いぢ》の菅原（現・奈良市菅原町）によって土師を改め菅原氏としたい」と申し出て、許可されたことから、菅原氏が始まった。その後、桓武天皇の外祖母が土師氏であったという理由により、朝臣《あそん》姓を賜った。つまり、皇族の次に身分が高い、貴族の姓をもらったのである。

しかし、貴族になったからいきなり裕福になるわけではない。元々たいした荘園や領地があるわけではないので当然である。いくら学問ができたところで、知人にペコペコと頭を下げて金を借りに行く父のようにはなりたくなかった。

「この不平等で、荒廃した世の中を生き抜き、変えていくためには武の力が必要だ」と若き清公は考え、日々武術の鍛錬をしていた。

彼の心は贅沢《ぜいたく》三昧の暮らしをする高慢な貴族たちのみならず、貧しい農民たちにも向けられていた。自分の家が貴族でありながらも貧しかったため、どちらの生活ぶりも目にし、世の中を広く見ることができたのである。それで、「いずれは自分が世の中を変えてやる」と意気込んではいたが、その心の内には、文武共に同世代の貴族の若者よりもはるかに秀でた自分がないがしろにされ、認められない、という葛藤があり、不満があった。

とある夏の夕暮れ、山の麓で一人、黙々と汗を流しながら槍《やり》を振るっていると、雲間から雷鳴とともに光り輝く玉が降りてきて、彼の前に浮遊した。

「何者か？」と清公は槍を構え、警戒して問うた。

「我は帝釈天《たいしゃくてん》なり」と光り輝く玉の中から声がした。「其方は槍の名手で、武力は強い。しかし、武力だけではこの世を導けないのだ。この世に道徳が広まるよう、其方は学問に励み、人々を導いていかなければならぬ」

清公は槍を下ろし、唖然《あぜん》として超自然的なその存在の話に耳を傾けた。そして、これから帝釈天、桓武天皇、弘法大師の三人で行われる三者会議で、帝釈天から指示された内容を漏らすことなく書き留める役割に、自分が選ばれたことを知ったのである。

4　この世の邪を祓《はら》い未来に導く帝釈天《たいしゃくてん》の計画

夏も終わりかけた頃、高野山にある金剛峯寺《こんごうぶじ》の一室に集っていたのは、平安京を作り、導いてきた錚々《そうそう》たる面々であった。一人は弘法大師、もう一人は桓武天皇、そしてもう一人は半透明の光り輝く帝釈天《たいしゃくてん》であった。帝釈天は、高次元から地上に顕現《けんげん》した存在であり、光の存在の代表――いわば、神仏の代表であった。

帝釈天は、面長の顔で鋭い目つきをした長身の男で、甲冑《かっちゅう》を着ていて、痩身ながら筋肉質の体《たい》軀《く》と太い首から、全体の雰囲気は屈強な戦士か将軍のような印象を受けた。

部屋の入り口の傍らには、まるで護衛のように槍《やり》を持った青年、菅原清公《きよきみ》が直立不動の姿勢で立っていた。彼は桓武天皇の血筋を引いていたことに加え、非凡な知性と穢《けが》れのない魂を持っていたため、この神秘的な会合に立ち会う人物として選ばれたのである。そしていずれ彼の孫として生

まれてくる菅原道真公にこの三者会議の内容を伝える使命を担っていたのである。

前口上として、帝釈天は、その場にいる三人に対し、語りかけた。

「この世を正しき道に導く資格者として、其方たち三人を選んだ。よく心得よ。これから、我が其方たちの力となり、其方たちを導く。これから、其方たちが成すべきことを伝える。しかと心得、己の使命を全うせよ」

それから帝釈天は、この時代、この世に邪なるものが蔓延《まんえん》している理由とその邪を封じ込める戦略を語り出した。それは、次のような驚くべき内容であった。

「この世には、以前から、光の存在の計画によって、試験的に人が創造され、この世に送り出されていた。しかし、その人々の御魂は不完全であった。そして、幾度かの試行錯誤の後、この世に、神の遺伝子を少し入れたほぼ完全体に近い人間を日本人として送り込んだ。しかし、その後、我のある些細《ささい》な手違いにより、この世の人々に〝邪〟が蔓延してしまった。

この世で人が増えるにつれて、神から受け継いだ遺伝子が薄まっていき、次第に人々に入り込んだ〝邪〟が大きく膨らんでいった。この大きく膨らんだ邪を、光の存在だけでは抑えることが難しくなってしまった。

これがこの時代における邪が蔓延している根本的な原因である。我々光の存在は、一二〇〇年周期で自らが創造した世界を巡回し、創造した世界がどのような状況になっているかを観察して、完全に破壊するか、あるいは、再度、創造・破壊・再生の手順で一新するかを判断する。そこで神仏の代わりに王の役割を果たすのが平家の天皇である。特に、平家の血筋が光の存在の遺伝子が最も濃いため、国を治める中心になったのだ。日本人は光の存在の意思で創造され、その導きに沿って自然と調和し、ゆっくりとした流れで進化することが求められた。しかし、邪に支配された者たちの企みや妨害があって、進化の方向が徐々に狂ってきている。そこで世に蔓延した邪なるものを払いのけるために、我らの遺伝子を受け継ぎ、志が高い其方たちを、計画を実行する資格者としてここに招集し、これからどうすべきか、具体的に話し合う場を設けたのである」

この場に出席している弘法大師は、四十代半ばの骨格のしっかりした大柄な僧だった。大きな、澄んだ瞳は虚空を見つめるかのごとくどこまでも深遠で力強い意志が感じられた。

帝釈天は弘法大師に、「其方の中には、既に、我の御魂が入っている」と伝えた。

「それはどういうことでしょう?」と大師が尋ねた。

「それは天界の天部での戦いと関係する」と帝釈天はこの世界に自分の御魂が降りてきて、弘法大師の中に入り込んだ一連の流れを語った。

また、帝釈天はこの世に邪が蔓延したそもそもの原因について、次のように語った。「天部の将軍の地位にあった我は、妻である弁財天が三体の邪神に襲われた時、弁財天を守るために邪神を追い払った。しかし、手加減を間違えて、これらの邪神が『三種の神器』を奪い、この三次元の世に逃げ込んでしまったのである。結果、この邪神が持つ〝邪〟がこの世の人々に蔓延してしまった。それがこの世に邪なるものの力が大きくなった一つの要因である。責任を感じた我は、天部のしきたりに反しこの三次元の世に降り立ち、己の御魂を其方（大師）の肉体と合心し共に歩むことにした。しかし、我が天部のしきたりに反したことで、我の御魂と合心した其方は天部の神々から攻撃を受けることになる。しかし、案ずることはない。弁財天、娑羯羅龍王《しゃかつら》、善如龍王《ぜんにょ》など、多くの仏たちは我の味方である。彼ら、仏の力を得て、其方たちは日本を、この世を導く龍の国に変えなければならない。未来に向けて、この世を正しき方向に導きなさい」

「人々の心の内に宿る邪なるものを打ち払うために、我々はどのようなことを為せばいいのでしょうか?」と桓武天皇が物柔らかな口調で尋ねた。この国においては神聖不可侵な立場にあり、絶対的な指導者であるにもかかわらず、その表情は優しく、穏やかなもので、その瞳は慈愛と好奇心の輝きを宿していた。

「まずは我々の手で三体の邪神を退治し、三種の神器を取り戻すことである」と帝釈天は答えた。

「それと同時に、人々が神仏に寄り添うように導くことで、この世に蔓延した邪なるものをこの世から滅することだ」

「邪なるものを滅するには、いかにすればよいのでしょうか?」桓武天皇は驚いて尋ねた。

「それは人の手だけで行うことは不可能である。そこで其方たち人間が、我々、光の存在と協力しながら、導きに沿ってこの邪なるものを滅していかなくてはならない」

「しかし、今、都の外は邪なるものに満ちあふれています。万人の心に根深く巣くったその邪を、どうやって滅するのでしょうか?」と大師が尋ねた。

「むろん、それは簡単なことではないし、この時代だけで実現できるものではない。長い年月が必要だ」と帝釈天は答えた。「人の心ほど移ろうものはないからだ。だからこそ、我々光の存在の遺伝子を濃く受け継いだ平家の代表者が代々その任に当たり、一二〇〇年という長い歳月をかけて邪なるものを滅していく必要があるのだ」

「一二〇〇年……、それだけ遠い未来を予知し、計画して実行してゆくのですね？」と桓武天皇がつぶやいた。

「そのために我らがここに集ったのだ」と帝釈天は答えた。「この三人の魂が再び集うのは、一二〇〇年後になるであろう。その時こそ、この国が大きく変革する時期になる。だからこそ、それまでに陰ながらこの国を光の道へと導く方策を、今のうちに立てて、今から実行してゆく必要があるのだ。我らが今、ここで、この国が正しき方向へ向かう道しるべを作っておけば、必ずや将来、我ら、光の存在の使命を受けた者たちが現れ、彼らの働きによって、邪なるものは封じられ、この世から消え去るであろう」

　この数奇な会合に立ち会った、若く、美しい容貌を持つ菅原清公は、頬を紅潮させ、胸を高鳴らせながらも、彼らのすべての会話を一字一句まで書き留めていた。驚くべき会話の内容のみならず、光の存在である帝釈天の神秘的な威厳と自信、大師の澄んだ瞳と強靱《きょうじん》な意志、そしてこの桓武天皇の慈愛に満ちた面持ちと知性とを直《じか》に体験した――。

　時が経ってから、あの出来事はうつつのものではなく、蒸し暑い夏の夜半にたまさか訪れた幻想的な夢ではなかろうか、と疑うこともあったが、それでもなお、その場にいた菅原清公は自分の使命を果たすことは忘れることがなかった。彼らが語り合った、「この世に蔓延した邪を滅し、この神の国を正しい道に導くため」の壮大な計画を巻物に書き記し、それを桓武天皇の神の属性にちなんで、〝玄武《げんぶ》経典〟と名付け、菅原家の家宝として子孫に残したのである。それが後に、孫の菅原道真公がこの経典を書庫で発見し、時代に沿った形で書き換え、〝玄天経典《こくてん》〟として、光の存在からメッセージを受け取る〝時の英雄たち〟に受け継がれていったのである。

5　早良《さわら》親王の役割

陽の光が降り注ぐ平安京。そこで、桓武天皇は、この国を正しい道へと導く大いなる使命を背負っていた。帝釈天《たいしゃくてん》から啓示を受け、彼はその計画の第一歩を踏み出すことを決意した。その瞬間、彼の心は熱くなり、未来への期待とともに責任の重さも感じていた。

桓武天皇は、日本を正しい道へと導く計画の手始めとして、平安京の外の人々に目を向ける機関を作ることを帝釈天から求められた。

「まず我が伝えたように事を成し、今の世を動かしていきなさい。其方は天皇であるが、門の外の人々にも常に目を向け、各地に人々の生活を見届ける部門を作り、中央に報告すべし」

これを実現するために、桓武天皇は平安京の外に治安を観察し、維持する役所を設けた。それが国司を設置する礎《いしずえ》となった。

だが、帝釈天からの要求は、この世の治安のみならず、この三次元世界を安定させるための光の存在から指示された神事までも含んでいた。

「弘法大師同様、我は、御魂となって其方を導くが、反面、其方は天部の神々から狙われるであろう。しかし、其方にはこの地上で為すべき仕事があまりに多い。そこで、その等価交換として、この世の次元のバランスを取るために、其方の弟、早良《さわら》親王が淡路の瀬戸内海の鳴門《なると》の渦の中にある柱に入る必要がある」

桓武天皇は疑問に思いつつも、ひとつ深い呼吸をしてから尋ねた。

「私の代わりに弟を……？」

帝釈天は静かに答えた。

「早良親王は人知れず犠牲にならなければない。其方は、弟を逆賊として送ることになる。すると其方の中に悲しみと空しさができる。つらいが其方はそれに耐えなければならない」

早良親王はすでに光の存在からメッセージを受けており、その鳴門の渦の中の柱に入ることに同意しているとのことであった。

桓武天皇は、自分の使命を果たすために、愛する弟を犠牲にしなければならないことに苦悩した。

「この国を救うためならば……」と、彼は泪《なみだ》をこらえながら同意した。

しかし、帝釈天の導き通り、実の弟である早良親王を逆賊として扱ったことに対して、桓武天皇はたとえようのない空しさを抱えることになったのだ。

平家の血筋であり、光の存在から資格者として選ばれた自分と弟が、この世界を救うための使命を帯びていることは理性ではわかっていた。この国を救う天皇としての運命は受け入れていたものの、この地上に生きる血肉を備えた一人の人間として、肉親に対する情や、執着というものを克服するには耐えがたい苦しみを伴った。

悲しみと苦渋を抱えながらも、彼は、真言宗の教えを取り入れて国を正しい方向に導く使命を果たすため、大師に協力して、寺や神社などの施設を各地に建設していった。

しかし、その心の中には、弟を逆賊扱いし、犠牲にしてしまったことへの深い傷が刻まれていた。彼は、弟の命を捧げたその犠牲を無駄にしないため、自らのすべてをこの国のために捧げることを誓ったのである。


早良親王は、史実では親族の裏切りにより淡路島に幽閉され、毒殺されたと伝えられている。だが、実は、彼は淡路島の鳴門の渦の中にある時空の柱に二体の神の代わりに人柱として入り、この世の時空を安定させる重要な役割を果たしていたのである。

この時代、光の存在と称される神秘的な創造主たちは、皆神山《みなかみやま》（長野県長野市）の頂上にある基地から、遙《はる》か彼方の宇宙・銀河へと旅立ち、一二〇〇年周期でこの地に舞い戻り、この世を観察することが定められていた。しかし、人々を正しい未来へと導くため、一部の神仏は三次元世界に留まり、人々の邪を払うため、神社や聖地に力を宿すこととなったのである。

この世の時空を安定させるべく、光の存在である三人のカムイの長老は瀬戸内海の亜空間にある二つの鳴門の渦の間に時空の柱を創り出す神秘的な儀式を行った。本来ならば、二人のカムイの長老がその柱に入るはずだったが、早良親王は勇敢にも自ら一人で柱に入り、時空の乱れを鎮める役目を果たすことになったのだ。彼は法力が強いとはいえ、一人でその柱に入ることで重い負担を強いられた。それにより、一時的にこの世の時空が不安定になり、地震が発生したものの、次第に時空の乱れは収まっていったのである。

早良親王の犠牲によって、三次元の世の時空のバランスは辛うじて保たれた。

そして現在、光の存在から選ばれた四神（青龍、白虎、玄武、朱雀）の資格者たちが、人々を三次元から五次元へと上昇させる一二〇〇年間にわたる光の存在による大計画を実行する段階になった。現在は、正にそのターニングポイントなのである。

6　弘法大師・空海の教え

弘法大師は、彼の八十八人の弟子たちと共に神仏の教えを全国に広めていった。

彼は弟子たちを集め、共に寺や神社を建設し、神仏の教えを説き続けた。その教えの根底には、帝釈天《たいしゃくてん》の導きの力があった。

帝釈天には、ものを作る釈迦《しゃか》の力、人を説く帝釈天の力、道徳を説く梵天《ぼんてん》の力という三つの力があった。そして、帝釈天は、一三《いさ》の修行という厳しい仏の修行を三回成し遂げたことにより、自らの三つの力に合わせて、それぞれ梵天、帝釈天、釈迦という三体の仏に分かれることができた。それらの三つの仏の力がこの世に降りてきて、大師の力になった。

光の存在は、「人は宇宙と一体であり、肉体を離れても御魂は永遠である。神仏に寄り添い、自分の使命に気づき、世のため人のために生きる人の御魂が、創造される新しい世界に必要である」というものである。

その教えの基礎を作ったのが、大師の中に入り込んだ帝釈天であった。

大師は、道徳、教え、導きの三つを実現するための組織を作り、この世の狂いを正そうとして、多くの人の協力を得て精力的に動き出した。そして、貴族や僧侶ではなく、彼は民衆に、まず貧しい人たちに神仏の教えをわかりやすい言葉で伝えたのである。すると、現世では何も力を持たないが、正直で、曇りのない心を持った民衆が大師の元に集まってきた。

実は、大師は、光の存在の教え――つまり〝神の正しい言葉〟という意味で〝神言正教〟を名乗りたかった。しかし、この時代は、天皇や貴族以外が〝神〟を名乗ることは危険であり、命すら危ういことであった。そこでやむなく真言宗としたのである。


貧しい民衆は大師の教えに救いを見出したが、一方、権力の上にあぐらをかいていた僧侶たちは大師の教えに目もくれようとしなかった。安全な都で貴族のような暮らしをしていた彼らは、民衆を見下し人として見ていなかった。本来、僧侶は民衆のために存在していることが正しいあり方であるはずであるが、自分たちのためにこそ民衆が存在する、と考えていた。自分たちだけが真理を知っていればそれでよい、それが自分たちの正しい立場であると思い込んでいたので、彼らにとっては民衆を救うための教えなどには全く興味がなかったのである。

大師は、このような傲慢《ごうまん》で、思い上がった僧侶たちが仏の道を説くことに矛盾を感じていた。僧侶たちの心を変えることは、途方もなく難しいことに思えた。そこで民衆に向き合い、民衆を救うことを考えた。しかし、都の僧侶たちを放っておけば、いずれ彼らから目を付けられ、敵対することになるのは目に見えている。敵を作らないことが大師の教えでもある。いずれは訪れるであろう衝突を避けるためにも、何とか彼らの中にこの教えを伝えていきたかった。桓武天皇の協力によって、資金的には組織の運営は何とかなっていたものの、僧侶たちの信用や信頼、忠義の心を得ることは、容易ではなかった。

すると光に包まれた帝釈天が大師の元に降りてきて、こう助言した。

「そういうときには、馬鹿羅《ばから》というものを使って頭を柔らかくして頓知を利かせなさい。馬鹿羅の馬は〝生ま〟れるを意味し、馬鹿羅の鹿は〝死か〟を表す。つまり、生まれてから死ぬまで、文字や数字や記号などを使い、〝頓知〟を利かせて考えよ」

大師は馬鹿羅によって「自分がやらなければならないことは、人に協力してもらい、ことを成す」ことであると考えた。

民衆を救い、この国を変えるためには、自分一人の力ではどうにもならない。やはり、仏の教えを信じる大勢の僧侶たちの力を借りることが必要である。そこで大師はまず若い僧侶たちの情熱的で、柔軟な心に期待して自らの教えを伝え、この国を救うための同志となるべく協力を求めた。

すると多くの若い僧侶たちが話を聞いてくれ、大師の教えに傾倒していった。この国の仏教界のあり方に疑問を抱き、民衆の苦しみを何とかしてやりたい、と密かに思っていた僧侶たちは大師の教えに共感し、熱心に真言宗の組織に参加して、さまざまな事業を支援し、協力してくれるようになったのである。

しかしながら、富と権力を持つ年配の僧侶たちは一向に心を開こうとせず、対立が続いた。大師はそんな彼らはほうっておいて、若い弟子たちの育成に専念したが、三年が過ぎても良い結果が得られなかった。

その間、何度も年配の僧侶たちが大師のもとを訪れ、「我々がいなかったら其方はどうにもならない。手伝ってあげるから、我々の言うことを聞きなさい」と助言を繰り返した。しかし、大師はその言葉には耳を貸さず、「このような矛盾に満ちた世を肯定し、同じ過ちを繰り返すようないいかげんな指導者は必要がない」と突き放したのである。

そのうち、民衆は年配の僧侶たちの言葉を無視し始め、彼らのもとに人々が集まらなくなっていった。僧侶たちは自らの敗北を認め、大師に教えを請うてきた。

大師は彼らに自分の教えを授けることに対して、一つの条件を付けた。

「教えを授ける条件として、あなたたちが持つ財産をすべて差し出し、私に従いなさい」

これは大師が金を集めるためではなく、帝釈天からの〝世のために本当に働こうとする僧侶たちを見極めるためのやり方〟の忠告に従って、そのような方法で僧侶たちを見極めたのである。

すると多くの年配の僧侶は、「あなたにはこれ以上はついていけない」と言って離れていったが、中には、本当に全財産を持ってくる僧侶たちがいた。

その時、大師の御魂となった帝釈天は、集まった年配の僧侶たちの心を見通し、大師にこう告げた。

「この世を変えるのは、この僧侶たちだ。この世を正しい未来へと繋《つな》げるため、彼らに頂いたお金はすべて返しなさい。あなたたちの知恵と行動力で世の中を救うよう、彼らに願いなさい」

そこで大師は、「私は其方たちが民衆を導くと判断したから、其方たちを必要としたのだ。これから其方たちは、弘法大師を名乗り、其方たちが中心となって、全国に私の教えを広めてほしい。其方たちの財産は不要であるので、全額返金する」と言い、集めたお金を彼らに全額返した。

こうして大師の元に集った八十八人の年配の僧侶たちは、その教えを全国に広めるために立ち上がった。

八十八人の僧侶たちは、弘法大師として、それぞれが全国各地に散っていった。彼らは大師の教えを広めるために旅を続け、彼らは各地で祭りを開いたり、神社や寺を建てたり、温泉を開いたり、貯水池を造ったりと、様々な事業を行い、弘法大師の伝説を築いていった。そして、弘法大師の名声は急速に全国に広がり、知れ渡っていったのである。

また彼らは四国の八十八か所を巡る霊場の始まりとなった。四国は〝死の国〟であるが、その四国に八十八か所の霊場を作ったのは驚くべき理由からであった。それはその平安時代から一二〇〇年後の現代において、北の聖地で四神（青龍、白虎、玄武、朱雀）の役割を担った資格者たちが、光の存在の教えを広める活動を開始するため、それまでの長い期間、北の聖地の秘密を守り、彼らの活動が阻害されないようにする〝おとり〟として、四国に八十八か所の霊場が作られたのである。

大師自身には帝釈天、娑羯羅《しゃかつら》龍王や善如《ぜんにょ》龍王の青龍の力など光の存在から授かった法力があったので、各地で様々な奇跡を起こしつつ、仏の教えを民衆に伝え、人々が正しい進化の道を歩み、人として正しく生きていくための様々な事業を展開していった。

それにより「弘法大師様は偉大なお坊さんだ。このお坊さんに資金を提供して協力したい」という声が全国に広まっていったのである。

しかし、大師は身近な者に、よくこう言っていた。

「私は何もしなかった。私はただ帝釈天の導きに沿って、言われたとおりに行っただけだ。私はまともに経の一つも言えなかった。皆が帝釈天の導きに沿って、協力して一つの組織を作って動いて、ことを成したのだ」

帝釈天の御魂が入り込み、日本全土に大きな影響力を持つに至った大師は「人々の心に潜んだ邪を払うため、神仏に寄り添い神仏の導きに従って、〝道徳〟を学び生活に取り入れ実践することこそが、この世を正しい方向に導くことだ」という教えを多くの人に伝えていった。

帝釈天と桓武天皇、大師の三者会議から始まり、彼らが協力し合って民衆や、僧侶や弟子たちに、大師の教えを伝えることで、多くの人の心に潜む邪が払われ、多くの人々の協力を得て公共事業も進んでいった。

こうして、この世の人々の邪なる念を打ち払い、この国を正しい未来へと導いていく礎《いしずえ》が徐々に出来上がっていったのである。

7　弘法大師が行った革新的事業

弘法大師の名前が世に知れ渡ると、重い病で苦しむ多くの人々が「大師様、助けてください」と、遠方からもすがってやって来るようになった。

大師は、病気で苦しむ人々のための治療施設を作り、治せるものは治してあげた。しかし、この時代には満足な薬も医療技術もない。治ることがない末期の病を患い本当に苦しんでいる人々に対しては、どうしてやることもできなかった。そうした人々はただ苦しんで、死を待つだけであった。

大師は彼らの様子を間近で見て、心から胸を痛めた。「大師様、助けてください」と自分の元にすがってきても、手を握ってやるばかりで、何をしてやることもできなかったのである。もちろん、「死の世界に旅立っても仏が側《そば》にいる」と仏の教えを伝え、心の救済をしたが、肉体の苦しみは消してやることができなかった。

あまりにも苦痛がひどければ、仏の教えを伝えることも難しくなる。このような人々に対しても、なんとか心身の安らぎを与える方法はないか、と大師は悩み、胸を痛めた。そこで帝釈天《たいしゃくてん》に相談すると、次の答えが返ってきた。

「死にゆく者に、『大丈夫だよ』と安らぎの心を与え、苦しまずに次の世界に送り出してやることも大切なことである」

そこで大師は、最終的な手段として、肉体的苦痛に苦しんで、死を待つばかりの人々を楽に次の世界に送ってあげることを考えたのである。すなわち、もう助からない病を患い、いたずらに苦痛に苛《さいな》まれている人に対しては備長炭を使い、苦しむことなく次の世界に送り出してやることを最終的な手段として用意したのだ。

この思い切った決断は、人々の苦痛を少しでも早く取り除いて、できるだけ楽にしてあげたい、という深い仏の慈悲の心からであった。しかしこれを実行するには勇気がいるものであり、一人、罪を背負う覚悟がなければできないことであった。大師は、人に何と言われようと、病に苦しむ人々のために、その罪を背負うことにした。当時の時代の人々からすると、大師にすがれば地獄の苦しみから救ってくれる、という最後の希望となったのである。

また、大師は満濃池《まんのう》の治水事業に取り組むことを決意した。

この満濃池は、大師が生まれ育った場所のすぐ近くにあり、大師にとってはそれだけ思い入れが深かったのであろう。

当時、干ばつで飢饉《ききん》が起こり、農民たちは食糧不足に苦しんでいた。そこで川を堰《せ》き止め水貯めを作り、田畑に水が行き渡るようにすることで、作物が育つ環境を整えようと考えた。もう一つの目的は、山から流れてくる水は謂《い》わば聖水であり、その聖水を貯めることで、この地における龍神の力を強化するためである。

この事業によって、多くの飢えに苦しむ人々が助けられた。しかし、工事を進めるには、困難が多く伴った。巨大な岩を削り、移動させる作業などは、人々の力だけでは限界があった。そこで大師は、善如龍王《ぜんにょ》の力を借り、法力によって巨石を移動させた。その様子を見た人々は、「大師には超人的な力がある」という噂《うわさ》が広まった。

大師はこの治水事業に自ら携わっていたが、ある日、崩れてきた岩の下敷きになって大怪我を負った。その怪我があまりにもひどかったため、帝釈天の働きかけで、薬師如来の治癒の力を体内に入れて大師の怪我を治した。その後、このことがきっかけとなって、大師は薬師如来の治癒の力を得ることになったのである。

工事が完成した時、雨が降り始めた。人々は、大師が龍神様の力を使って雨を降らせたのだと語った。

人々は大師の法力と教えに救われた。彼らは、大師を尊敬し、感謝の気持ちを忘れることはなかった。そして、満濃池の周りには、多くの神社や施設が建設され、人々の生活が改善されたのである。

弘法大師は、自然や人々と共に生きることを学び、その思いを行動に移すことで、言葉だけでなく、実際に具体的な形で様々な事業を展開し、多くの人々を救っていった。大師の言葉と行動は一致していて、救いの教えは、常に具体的なものとして実現されていった。

たとえば、真言宗の総本山である東寺《とうじ》の五重塔（京都市）の屋根の中心には、柱が立っている。この柱には、それぞれ四面に大日如来の像が刻まれており、合わせて八体の大日如来が表されている。大日如来は塔の上から、人々の生活を見守ったと言われている。

しかし実は、この柱は避雷針であったのだ。

当時の建物は木造であり、火災の一番の原因は落雷であった。大規模な火災が起きて、町は焼け多くの人が亡くなっていた。火災を防ぐために、大師が光の存在の導きにより、五重塔を建て、屋根の上に避雷針を立てたのだ。

大黒柱に大日如来を祀れば、仏が雷を抑える。そんな意味を込めつつ、現実的に人々を救うための対策を行っていたのである。

8　邪なる存在に取り込まれた最澄

当時、大師と並び称されるほど名声を得ていた僧侶がいた。その名は最澄である。彼は数多《あまた》の経典の知識に溢《あふ》れ、鋭い頭脳を持っていたが、自分中心の世界から抜け出せず、人々と触れ合うこともままならなかった。彼はただひたすら自らの知識を増やし名声を得ることに執心し、民衆を救わんとする慈悲の心に欠けていた。

仏の教えを説き、人を幸せにするのが経の世界だとしたら、最澄のやり方は、同じ経の世界でも、自分の考えこそが世を救い、人々を救うと思い込んでいる、傲慢《ごうまん》そのものであった。

最澄は、物質的な物や機械的な文明の利器に魅せられ、その領域を探求していた。そのため、彼は様々な禁断の経典を読み漁り、さらなる神秘的な力を追い求めていた。しかし、その過程で彼は、〝宇宙の悪しき存在〟との接触を試み、魔術的とも言える禁断の世界へと足を踏み入れてしまうまでになっていた。

ある日、大師が最澄に忠告した。

「其方が接触している邪なる存在との縁を断ち切りなさい。そうしないと、光の存在との交流も、其方の受け入れもできなくなるぞ」

しかし、最澄は自分の知識と物質的、機械的な力が増せば、すべてを手に入れられると思い上がっていたため、大師の言葉に耳を貸さなかった。

それから時が経ち、織田信長により比叡山の延暦寺が焼き打ちされた。その理由は、比叡山を総本山に持つ天台宗の創設者・最澄が慢心し、よからぬ存在に触れ、その影響があったことが原因の一つであったからである。

それには少々説明が必要である。平安時代を起点として、次元上昇のため、関西の一円《いちえん》に、神社や城を配置した結界が張られていたのである。織田信長と親友の明智光秀は光の存在からメッセージを受け取り、宇宙の邪なる存在と接触していた最澄の天台宗の総本山である比叡山の延暦寺が、次の次元上昇のための結界の邪魔になることを知っていたため、その比叡山の延暦寺を焼き打ちにしたのである。

一方、弘法大師の真言宗は、同じような迫害を受けなかった。それは、大師が人々のことを思い、光の存在からのメッセージを忠実に守り、常に敵を作らないように心掛けていたからである。

たとえば、大師は時の権力者の墓や慰霊碑を事前に建て、弥勒菩薩《みろくぼさつ》が降臨する場所に祀ってい た。そのため、権力者が攻めてきた際、彼らに、「自分たちは、国を治めるあなたたちを仏として 祀る」と説明することで、彼らは引き揚げていった。

大師は〝敵を作らない〟という言葉の真の意味を権力者にも教えたのである。

「私たちは僧侶であり、何の力もありません。あなたたちに攻撃を加えることはありません。私た ちの役目は、困っている人々の話を聞き、世の中に争いが起こらないように教えを広めることで す。国を治める役割を担っているあなたたちの御魂を仏として祀るのも私たちの使命なのです」

大師はまた、権力者たちに事前に高野山に自然石で作った慰霊碑を見せ、「あなたたちは弥勒菩 薩や、他の仏と一緒にいつもここにいます。いずれあなたたちは未来を変える仏になる方々です」 と説明し、手を合わせた。その言葉に心打たれた権力者たちは、真言宗を攻撃することをやめた。

このようにして、織田信長の時代も、豊臣秀吉の時代も、真言宗の僧侶たちは、大師の教えに 沿って事前に墓や慰霊碑を建てることで、迫害から逃れることができたのである。

第二章

〝道徳の神〟となった菅原道真公

1　自らの使命を理解した道真公

気づけば、秋のせわしない虫たちも寝静まる、深い夜になっていた。夕刻、書庫で見つけた目立たぬ巻物を何気なく紐解いた。〝玄武経典《げんぶ》〟と題されたその中身に目をやってからというもの、菅原道真公は時を忘れ、その書を無我夢中で読みふけっていた。

彼は、今まで自分が何者であるのかわからないでいた。幼い頃から神童と謳《うた》われ、読み書きに秀でていただけではなく、人の心の機微にも敏感だった。言葉には出さなくとも、目の前の相手が何を考えているのか手に取るようにわかってしまうため、妙に聡《さと》い、気遣いのできる大人びた子供のようにも見られていたのだ。しかし、あまりにも人の心を読むような振る舞いや、物言いを繰り返すものだから、ある時から千里眼を疑われ、同年代の子供たちからは〝鬼っ子〟といじめられるようになった。とはいえ、実際に彼は千里眼のような人の本質を見通す力を生まれながらに持っていたので、あながち間違ったあだ名ではない。

道真公は、人の心の動きが見えるだけではなく、自然の理《ことわり》も感じることができた。花や、木や、虫や、風の間に流れる目に見えぬ働きの流れを感じ、それらがどうやって生成し、消滅し、再び生まれるかを。それらがどうやって関わり合い、調和し、時には手をたずさえて、この世界を華やかに色づけているかを。そして人もまた、その神妙な働きの中に生かされているのだが、欲得に満ちているがゆえに道理から外れ、自然から逸脱し、無明の底に落ちているかをも見て取ることができた。

それどころか、彼は自然の働きの狭間にきらめく、目には見えない超自然的な世界さえ感受することができた。光に満ちた気の流れや、それらを掌る神仏の存在はもちろんのこと、人の心が生み出した怨念や、呪いの波動も手に取るように感じられた。だからこそ、自分に向けられる嫉妬や、負の感情や、念にも敏感であった。そのため、他の人にはっきりと物事を述べるため、周りの人たちから疎《うと》まれ、いつの間にか本人も人間嫌いになってしまっていたのである。

人界、自然界、超自然界――これらの枠を自在に超え、通底する、因縁と生成の不思議な流れをなぜか生まれながらに感じ取ることができたがゆえに、それを学問の力で理論立て、体系立てて、さらに深く理解したいという欲求が生じ、なおさら勉学に励むようになったのである。ところが、〝鬼っ子〟と恐れられたような不思議な眼力に加え、仏教や儒教や道教を深く学び、漢文にも精通し、和歌まで巧みに読むようになって名声が高まるにつれ、ますます孤立することになった。もちろん、周囲には彼の才能や人柄を賞賛する人々や、能力を重宝する人たちにはこと欠かなかったが、中流貴族でもあるにもかかわらず、その才を買われて出世を重ねるにつれ、彼のことを妬み、陰口を叩《たた》き、貶《おとし》めようとする者が日増しに増えていったのである。右大臣という立場になってからは、なおさらだった。とりわけ、最も位の高い貴族である藤原家の人々からの嫉妬は、もはや怨念に近いと感じられるほどに偏執的なものだったので、人の業や、底知れぬ欲望というものを日々味わわされ、ほとほとうんざりしていたのだった。

それにしても、なぜ自分は生まれながらにして、人とこうも違うのだろうか？　と道真公はことあるごとに不思議に思うのだった。どうして人々はみな、この目には見えない世界の働きを見ることができないのだろう？　どうして自分のことばかり考え、他人を妬み、恨み、蹴落とし、権力を手に入れようとしては争って、飽くことがないのだろう？　世界はこんなにも美しく、玄妙かつ不可思議な摂理に則って調和していて、光と奇跡に満ち溢《あふ》れているというのに、この宮中ではほとんどの人が目の前の神秘を見ようとせずに、自分の中のどす黒い欲望や、自尊心や、権力への執着のためにのみ生きている。いったい、この愚かしくも浅ましい有り様をどうやったら変えることができるのだろうか？　このような欲得うずまく世の中で、自分は何のためにこのような感受の力と様々な能力を持って生まれたのだろうか？　何のためにこの世に生を受け、本当はどのような役割を求められているのだろうか？

しかし今、それらの疑問が一時《いちどき》に氷解し、解き明かされたように感じていた。その巻物の概要は、弘法大師と桓武天皇、帝釈天《たいしゃくてん》の話し合いによる一二〇〇年にわたる日本を新たな未来へと導くための驚くべき壮大な計画であった。また、光の存在という神の遺伝子を受け継いだ桓武天皇の血を引く者たちが、この国を救うべく使命を帯びていること。彼らには、弘法大師と光の存在のご加護が付いていること。英才と誉れ高かった偉大な祖父、菅原清公《きよきみ》が実は桓武天皇の血を引いており、自分もまたこの経典の計画を実現する使命を帯びていること――といった衝撃の事実が記されていたのである。

そう、ついに彼は、自らの使命を理解したのであった。

戸外に出ると、神無月の凜《りん》とした澄み渡る大気の中、一人、夜空を見上げた。彼はこぼれ落ちんばかりの満天の星々の下で、これから為すべき使命に思いを馳《は》せた。

2　道徳の大切さを説く『玄天《こくてん》経典』

祖父から受け継いだ神秘的な『玄武《げんぶ》経典』を熟読しているうちに、菅原道真公はそこにある謎《なぞ》を解き明かすことが、一般の人々には困難であることを自覚した。何より、後世の人々がこれらの難解な教えを空想の産物として誤解し、忘れ去ることを懸念した。そこで彼は神々の難解な言葉を当時の文脈に翻訳し、誰にでも理解できる形に仕立て上げる作業を開始した。そして、新たに生まれ変わったこの書物を『玄天《こくてん》経典』と命名し、自らの血筋である菅原家の子孫に大切な家宝として受け継がせることを誓った。

玄天経典は、弘法大師が描いた壮大な光の存在による〝未来への道しるべ〟を、人間の言葉で具現化したものである。その核心には〝道徳〟の教えが潜んでいることを、道真公は確信していた。光の存在の計画を現実化するため、また、この世の未来の扉を開くための道標として、玄天経典を世に広めることが、彼自身の使命だと感じていた。

学問の神と崇められる菅原道真公だが、彼の学問の根幹は〝道徳〟にあった。玄天経典を編纂《へんさん》す

る彼の役割は、人々の心に潜む邪を浄化し、清らかな魂を解き放つことだった。そのために彼は日本全国の伝説や昔話に道徳の教義を織り交ぜ、広く普及させていく仕事に精力的に取りかかったのである。

道真公は、貴族社会だけでなく、庶民の中にも邪なるものが蔓延《まんえん》していることに悲しみを覚えていた。

一度、彼は旅の途中で貧しい村に立ち寄ったことがある。村人たちの表情には、嫉妬や懐疑、悪意が滲《にじ》んでいた。貧困と混乱が彼らの心に闇を宿らせていた。そこで道真公は思い立ち、村人たちを集め、彼が作り出した昔話や物語を語り聞かせることにした。すると、子供たちだけでなく大人たちの目にも好奇心の火が灯《とも》り、表情が和らぎ、心に変化が生まれるのを見て、彼は自分の方法が正しいと確信した。

この世には、「自分だけが幸せであればそれでいい」という自己中心的な思考を持つ人々が圧倒的に多い。だが、光の存在は、人間の醜さを厳しく見つめ、次の世代に繋《つな》げるべき御魂だけを残すという厳格な真理が宇宙の法則である。道真公はその教えを胸に刻み、人々の心を変えるために、道徳を伝える様々な物語を創造し続けた。

菅原家はその後、希代《きだい》の文筆家であった紫式部に協力を求め、道徳を説く昔話を書いてもらい、全国に広めた。道真公の遺志を菅原家から受け継いだ藤原家の人々の中にも、社会に渦巻く邪を取り除く方法の一つは、道徳を説くことだと理解していた者がいた。そこで彼らは、まず庶民や、子供たちに道徳を教えることに専念し、そのために昔話や物語を作ったのである。

紫式部が自身の代表作『源氏物語』の主人公に〝光源氏〟という名をつけたのは偶然ではなかった。彼女もまた、光の存在の啓示に導かれていた。菅原道真公の遺志に従い、彼女は美しい言葉を駆使して道徳の重要性を描き出し、その作品は幾多の人々に大きな影響を与えた。

3　菅原道真公は鬼族と龍族の和平の子

実は、菅原道真公は、世界に調和をもたらすための特別な使命を帯びた存在であった。その誕生は、深遠な伝説と神秘に包まれていた。琵琶湖の北方、余呉湖《よごこ》の湖辺で産声を上げた彼は、人間と龍姫との間に生まれた子であり、〝吉祥丸《きっしょうまる》〟と呼ばれていたという伝説がある。しかし、この〝吉祥丸〟こそは、菅原道真公の幼少時の名前であった。彼は、鬼の中の神である天神様の御魂を持って生まれてきたのである。

かつて伊勢の鬼族と出雲の龍族は、深い確執を抱いて争いを繰り広げていた。それは収束こそしたものの、決して和解には至らず、その間柄は微妙な均衡を保っていた。菅原道真公は、そんな二つの種族、鬼族と龍族の間に生まれ、和平をもたらす使者としてこの世に生を受けたのである。

この二つの種族を源氏と平家にたとえるなら、道真公は両家の融和を象徴する存在として誕生したことになる。平家の天皇家の系譜から源氏の天皇家へと流れを辿《たど》り、その中でひそかに生き延びていた平家の血筋が裏天皇である。この観点からみれば、道真公は天皇と裏天皇の和平の象徴でもある。鬼族と龍族、源氏と平家、そして天皇と裏天皇――これら三つの意味が、菅原道真公という存在の役割に結びついている。

だが、その菅原道真公は朝廷で激しい迫害を受けることになった。彼の才能は羨望と妬みを生み、その血筋と目論見が周囲の人々の恐怖を煽《あお》った。彼は桓武天皇の血を引く者であった。それが露見すると、親族や周囲の人々は自らの家系の保身のために彼に対して冷酷な仕打ちを繰り返し、命すらも脅かした。

また、彼を迫害する一派が、道真公が三種の神器を奪い権力を握るという計画を立てているという噂《うわさ》を広めた。当時、神の力の源ともいえる〝三種の神器〟が誰の手に渡るかはまだ定まっておらず、朝廷内では、その三種の神器を誰が手にするかの策謀が渦巻いていたのである。

桓武天皇の血を引く道真公がそれらを手にすると、野心に満ちた人々の策謀が頓挫してしまう。それが道真公が迫害される大きな理由となった。

光の存在は、そのような不条理な迫害に怒り、菅原道真公への酷い仕打ちを行った愚かな人々へ、国が崩壊するほどの恐ろしい天罰を下した。平安京には雷が降り注ぎ、道真公を左遷し、右大臣の座から追い落とした貴族たちの多くは次々と病死したのである。

人々は道真公の激しい怒りを鎮めるために、菅原道真公を神として祀ることを決めた。そうして彼は、人々から〝天神様〟として崇められることとなった。

菅原道真公は、弘法大師による千二百年に及ぶ壮大な計画と暗号を隠すため、自らを〝呪い〟と称して、恐怖の対象となって人々を遠ざけた。これは、玄天《こくてん》経典に記されているように、未来に現れる〝四神（青龍、白虎、玄武、朱雀）〟と称される資格者たちが真実の歴史と隠された暗号を解き明かすことを予見していたからだ。

史実では、道真公は〝日本三大怨霊〟の一人として語られる。道真公は、人々が自分を怨霊と呼ぶのをあえて受け入れた。それにより、多くの人々は呪いに怯《おび》えて真相に近づかないし、それを解明しようとする者も現れなかった。

このようにして、〝日本三大怨霊〟と呼ばれる三人の英雄たちは、人々の邪念で穢《けが》れることなく、その光の存在の計画と暗号が四神と呼ばれる資格者たちによって解明される時を待ち続けていたのである。

4　菅原道真公の後悔

菅原道真公の時代になると、平安京を中心に平家の時代が次第に形成されてきた。世の中も、桓武天皇が不在となった後、国司が各地に配置され、それぞれが領域を持ち、民衆や社会の動向を見守る体制が整えられた。初期のうちは、桓武天皇の意志が体制全体を動かしていたため、その仕組みは機能していた。

しかし、桓武天皇が年を重ねるにつれ、三種の神器を巡る争いが顕著になり、世に混乱が生じた。それは平家内部にも波及し、分裂の兆しを見せ始めた。

一方で、帝釈天《たいしゃくてん》の御魂は弘法大師と合心し、真言宗という組織を通じて、神仏の教えを全国に少しずつ広めていった。菅原道真公もまた、帝釈天をはじめとして、弘法大師など、さまざまな神仏の声が聞こえる特異な能力を持ち、その声に導かれて伝説や昔話を筆記し続けた。そうすることで、子供たちが親や祖父母から聞かされる昔話は、道徳を伝え、「行ってはならないことをすると鬼に食べられてしまう」といった教訓を伝えるものとなった。菅原道真公が天神様として祀られると、天神様の教えも加わり、光の存在からもたらされた道徳の教えは、一般の人々の間に広がっていった。

しかし、菅原道真公は結局、天皇家の血縁を巡る嫉妬から、親族によって追放され、人生は遂に平穏を見なかった。

彼が親族に裏切られ、左遷され、落胆していた時、星に向かって、「私は前の時代に生きた弘法大師様と同じようなことをやってのけたはずなのに、大師様は偉大な人になった。しかし、私はそうならずに迫害されてこの悲惨な状況にある。その違いは一体何なのか」と嘆いた。

すると、大龍王となった弘法大師が菅原道真公の所に降りてきて、「其方と我との違いは一つなのだよ。其方は自分が優れていることをいいことに人をやり込めてしまう。小さい頃から、其方は人よりも頭が良く学業にも秀でていた。其方はそれをひけらかす行動をしていたため、其方の周りに敵が多くできた。決して敵を作ってはいけないのだ」と語った。

大師は、「私の在世中は帝釈天の指示で様々なことを教えられていたから、そういった問題はなかった」と述べた。

しかし、大師は、将来、平安京が消え去り、武士の時代に移行する時、世は乱れ、困難な時代が訪れることを予言した。

第三章　農民のために蜂起した平将門公

1　国司と農民たちの間の確執

夏の光が辺り一面に充満し、きらめいていた。今、平将門公の前には、広大で緑豊かな真夏の坂東平野が地平線の果てまで広がっていた。彼は額に汗をかき、手には鋤《すき》を持って畑を耕していた。よく日に焼けた顔には、輝きに満ちた大きな眼と鼻梁《びりょう》が太く高い鼻が目立ち、口元には常に快活な笑みが浮かんでいた。

普段、平将門公は、農民たちの前では僧侶の格好をしていた。彼は農民たちから、「親方様」と言われて親しまれ、田んぼの耕しから水汲みまで手伝っていた。農民たちが「親方様はそんなことをしなくてもいいです」と言うと、将門公は「お前らのお陰で私たちは生活できているのだ。だから、私はお前らとともにあるのだよ」と声をかけていた。

土に触れていると将門公は自分が生き返る気がした。大地から力をもらい、日の光から勇気をもらい、平野を吹き渡る風から自由をもらっていた。農民たちと一緒に畑仕事をすることで労働の苦しみと共に楽しみをもらい、生きる喜びをもらっていた――。

平将門公は、菅原道真公が大宰府で亡くなった年に、地方豪族の跡取りとして下総《しもうさ》に生を受けた。幼名は『鬼王丸』。桓武天皇の血を引いていた彼は、元服すると平安京に上京して出世を望んだが、都の民を疎む貴族や役人などとの人間関係や、土を嫌う気質は、坂東平野の自然に囲まれた中で生まれ育ち、野生児めいた風貌を身につけていた彼の身に合わなかった。藤原家の氏長者である藤原忠平の家臣として十二年間働きはしたものの、皇族や貴族に取り入るずる賢さを持たず、賄賂や、おべんちゃらなど、誰もがやっているような権謀術数を用いるのを好まなかったため、自分の望む官位を得ることもできなかった。結果、国司として生まれ故郷に帰ることになった。立場としては、国司たちを管理する中間管理職の役割であった。

しかし、当時、国司たちの中には邪の心を持つ人が大勢おり、私利私欲に囚われた彼らは、私腹を肥やすことばかり考えていた。朝廷側は、自分の国を守るために、国司にはそんなに厳しいことは言わない。それをいいことに、国司たちは、百姓が収穫した作物を根こそぎ奪って、自らの富を肥やしていたのである。

しかも、この時代は、富士山や十和田湖の大噴火、干ばつなどが続き、作物が実らず、農民たちは常に飢えに苦しんでいた。しかし、そんなことはおかまいなしに、毎年、朝廷から派遣された国司たちは、農民から多くの年貢を取り立てていた。

次のような光景がいたる所で繰り広げられた。

「お前たち、年貢をまだ納めておらんぞ」

「お役人様。今年は雨が降らないので、ご覧のとおり作物が育ちません。我らの日々の食べ物もものない状態なのです。もう少しお待ちください」農民たちは年貢の取り立てを待ってもらうよう、必死に土下座をし、国司にお願いする。

しかし、国司は農民を蹴飛ばし、家の中に入り込んで、わずかばかりの米や穀物が入った袋を持ち去っていく。

「このままでは私たち百姓は死んでしまいます」といくら懇願しても、国司は無理やり農民から巻き上げていくのである。

ある日、平将門公は国司たちの宴会に呼ばれた。彼らと酒など飲みたくはなかったが、厳しい取り立てや、不当な搾取をなんとかやめさせるために出席することにした。

しかし、都で着ていた服などとっくにどこかにやってしまっていたので、あえて普段、着ているみすぼらしい僧侶の服装で参加するつもりでいた。たとえ嘲笑《あざわら》われようと、その方が、農民の味方である自分の立場をはっきりできるからだ。

ところが、その話を耳にした農民たちは、「我らの親方様がみすぼらしい服で宴会の場に行くのは忍びない。親方様にはせめてよい格好をしてもらいたい」と夜も寝ずに服を作り、宴会の当日に将門公の城にやって来た。とても国司が着ているような高価な着物には見えなかったが、将門公はありがたく受け取り、彼らが自分のことを案じる気持ちをありがたく受け止めた。

その夜、将門公が国司の宴会場に行くと、席には、山のように高く盛られた米の飯や、獣の肉や、川魚など、たくさんの贅沢《ぜいたく》な食べ物が並んでいた。多くの農民たちが飢えて亡くなっていく様を目《ま》の当たりにしていた彼は、目の前に盛られたご馳走《ちそう》を眺めながら「ここにはたくさんの食べ物があって、役人たちだけが贅沢三昧している。片や、多くの農民たちは餓死している。こんなことが許されるものではない」と、急激に込み上げてくる怒りの感情を止めることができなかった。

飢えている農民たちから無理やりに年貢を取り立て、しかも、貧しい人々からさらに奪い、豊かな者たちがさらに豊かな生活をするために取り立てていくという、人として非道な所業を許すことができなかった。

こいつらがやっていることは人間の所業ではない。込み上げる怒りを、少しでも抑えようとしたが、それはできなかった。酒や料理には全く手をつけずに国司をにらんでいると、こんな言葉が将門公に投げられた。

「将門公は農民たちと一緒に畑仕事をしているそうだが、本当に物好きですな。あなたは仮にも桓武天皇の皇胤《こういん》である高貴な身分のお方。汚い泥仕事は農民共にやらせておけばいいのでは？」

「汚い泥仕事とは何だ」と将門公は相手をにらんで怒鳴りつけた。「貴様らや京の者たちは、その泥仕事のおかげで、飯が食えているのだ」

「まぁまぁ」と別の者が取りなした。「もちろん、米を作る者がいなくては、我らもまた生きていくことはできません。しかし、何も彼らと同じ格好をして、一緒に泥仕事をする必要はないでしょう？　それに、その格好は何ですか？」

「その格好とは何だ。貴様、我を愚弄するのか」と将門公は怒りの形相を国司に向けた。

「この着物は、其方たちが着ている着物よりも何万倍も価値がある。其方たちのような不届き者には、この着物の価値がわからぬのだ。物の価値というものは、見た目だけではわからぬものだ。この着物には、どんな上質な絹にも備わっていない、黄金の価値が宿っているのだ」

将門公は立ち上がり、「俗世で我欲にまみれた目には、決して見えぬ黄金の光というものがある」と言い捨てて、その場を立ち去った。

平将門公は、ともかく怒りが収まらず、何度も都に足を運んで国司の不当な年貢の取り立てと農民の貧困と飢餓について朝廷に陳情した。朝廷の役人は話を聞いて「事情はわかった」と言うが、現実は一向に変わらなかった。そもそも我欲と知謀策謀にまみれた朝廷の貴族や役人たちは、農民や庶民への思いやりや、慈悲の心が全く欠けていたからである。

また、朝廷の中に、民衆の側に立って陳情を繰り返す将門公を邪魔者扱いする者も多数いた。将門公は、彼らの策略で様々な罪や疑惑を知らずしらず被せられ、朝廷に謀反を起こす者だという噂《うわさ》を流されるようになり、それが広がっていった。

2　平将門公の蜂起

秋になり、収穫の時期がやって来た。

この年は干ばつによって、米はいつもの半分も取れず、農民たちは雑草や、木の皮や、虫や、蛇まで食べて糊口《ここう》をしのいでいる有り様だった。しかし、国司たちはようやく取れたわずかな米や雑穀さえ、容赦なく彼らから奪っていく。そのため、多くの農民たちが飢えて死んでいった。

領地の農民たちを憐れんだ将門公は、ある決断をした。善如龍王《ぜんにょ》の虹《にじ》の法力を使う長女の皐姫《さつきひめ》に「国司の穀物蔵に法力を使って忍び込み、穀物を盗んで飢えた農民に渡すよう」命じたのである。どうしても、愛する領民たちを見捨てることができなかった。

国司は、誰かが穀物を大量に盗んでいることを見抜き、罠《わな》を仕掛けた。わざと盗めるように仕組んでおき、米や穀物に毒を盛っておいたのだ。将門公は、それを食べた農民たちや、小さな子供たちまでもが目の前で血を吐いて死んでゆく様を見て、国司が毒を盛ったことを知り、悲しみと共に、激しい怒りに全身を震わせた。

それまでは朝廷に逆らうつもりはなかったが、はらわたが煮えくり返るような激しい怒りが沸き起こり、ついに農民たちを守るために立ち上がることを決意したのである。

「我は第六天魔王の命で戦う」と言って、ついに農民を守るために蜂起した。

神の意思を受け継いで行動する人は、神の遣いであることを印《しる》す。

織田信長もまた、〝第六天魔王〟と名乗って戦った。この称号は、邪悪な魔王のものと思われがちであるが、それは天神様の導きにより蜂起した者の印である。なぜなら、「六」という数字は、鬼の中の神である天神様を意味するからである。

実は、平将門公は『玄天経典《こくてん》』を預かり持っていた。桓武天皇の血筋を引く彼は、『三種の神器』を守り、隠すように頼まれて密かに預かっていたが、その時に菅原道真公の遺志であるこの経典も託されていたのである。

この秘密の巻物を受け継ぎ、目を通した彼は、この世は光と闇の戦いの場であることを理解していた。だからこそ、農民たちから年貢を搾るだけ搾り取り、あげくに穀物に毒を盛った国司たちこそは闇の側の邪なる人間そのものであり、なんとしても打ち砕かねばならなかった。

光が闇を駆逐せんとし、世の人々の邪を滅するこの経典を自分が受け取った意味を、彼は下総に帰り、国司の役職に就いてからずっと考え続けていた。世の中を変えていかなければならない、という大きな使命が自分にあることは理解した。だからこそ、本当は国司にならなくてもいいのに国司となって、まずは地方を変えようとしていたのだ。しかし、朝廷の一役職に過ぎない立場では、できることに限界があり、それでは人の欲得に囚われた者たちの邪なる心を変え、世の中を変えることはできないことが、今や明白になった。

多くの農民や、子供たちが血を吐いて死んでいく様を目《ま》の当たりにして、もはや迷いはなくなり、完全に吹っ切れたのである。

このような弱く、虐げられ、殺されて消えていく名もなき人々のために立ち上がらなくて、何が国司、領主であろうか。善良な心を持つ人々が蹂躙《じゅうりん》され、虫けらのように殺されているのを見過ごして、どうして正しい国を作ることができようか。たとえ逆賊の汚名を着せられようと、朝敵という悪役になろうと、自らを〝第六天魔王〟と称して、この地の虐げられた民のために戦おう。

敵は強大で、勝ちめはないかもしれない。しかも自分は朝敵とみなされ、末代まで逆賊の汚名を着せられるであろう。しかし、それでもかまわない。勝ち負けや名誉などは問題ではないのだ。今、とにかく立ち上がり、今生における己の責務を果たすことこそが己の使命なのだ。弱き者のために命を懸けて立ち上がり、戦うこと――それこそが、あの玄天経典が伝えていることであるのだから。

運命と合一した彼の魂は、たとえようもない使命感と高揚感に満たされ、戦を前に打ち震えていた。

ただ、将門公には一つだけ気がかりがあった。彼には愛する娘たちがいた。必ずや生きるか死ぬかになる戦いになる。かわいがっている三人の娘は、戦になる前に逃がさなければならない。自分が敗れれば娘たちは必ず殺されるからだ。それに、菅原道真公から自分が受け継いだ重要な『玄天経典』を子孫に受け継がせ、『三種の神器』を守るという責務もある。家族共々皆殺しにされるわけにはいかないのだ。

穢《けが》れのない霊気が闇の隅々まで染み渡っているような、どこまでも静かな霜月の夜であった。将門公は、敷地内にある自らの幼名〝鬼王丸〟に通じる名前を持つ稲荷鬼王神社（現在の東京都新宿区）に三人の娘を呼び、厳しい顔つきで話しかけた。

「我は飢えて苦しんでいる人々のために命をかけて戦う。お前たちには迷惑をかけるが、どうかこの父を許せ。後のことはお前たちに託す。この巻物は『玄天経典』という、先の未来の多くの人々を導く内容が記されている大切な巻物ぞ。決して役人どもに渡してはならぬ。お前たちで協力して、命をかけてこの巻物を守るのだぞ」

平将門公には三人の娘がいた。皐姫《さつきひめ》、あやね姫、ゆりね姫の三人である。

姉妹ではあるが、あやね姫、ゆりね姫の二人は血が繋《つな》がっていない養女であった。この二人が犠牲になって、姉である皐姫を逃がしたのである。

将門公は娘たち一人ひとりに想いを込めた手紙を渡し、『三種の神器』と『玄天経典』は、最も勇敢で、法力を持っている長女の皐姫に託した。

彼女たちは、若い女性でありながら泣き言ひとつ口にせず、黙って父の決意に耳を傾けていた。その顔には、それぞれに強い意志と決意が宿っていて、悲壮感はどこにもなかった。

そして義兄弟である村岡五郎公――後の千葉氏にあたる――に「娘たちの面倒を見てもらいたい」と頼み、兵を召集すると、戦いの準備に取りかかった。

3　平将門公は、戦に参加した農民を守った

身体が熱かった。

将門公は、自分の身体の中にマグマのような熱を帯びた不思議な力が流れ込んでくるのを感じていた。その力は、自分の内部からではなく、どこか外からやって来たもののように感じられた。それはおそらく、彼に働きかけている光の存在である神々からもたらされたものであると同時に、菅原道真公から託された、この世を正しき道に導く『玄天経典《こくてん》』のご加護によるものに違いなかっ

た。そしてまた、農民たちの長年にわたる怒りや悲しみ、願い、祈りといった積もりに積もった様々な感情が、彼の中に込み上げてきたためでもあろう。この湧き上がる感情を解き放ち、大空高く舞い上げてくれ、と。

平将門公の蜂起の声を聞いて、農民たちが続々と集まってきた。わずかな時間でその勢力は数千人にも膨れ上がった。それぞれが家族や仲間を失った痛み、怒りと哀しみに動かされている、復讐を誓う勇敢な戦士たちであった。彼らは揺るぎない覚悟で〝親方様〟と慕い、尊敬する将門公に一切をゆだねていた。

まず将門公は朝廷に対抗するために、関東一円を治めることを目指した。勢いに乗り、生まれ故郷の下総国《しもうさのくに》（現在の千葉県の北部および茨城県の南部）、上総国《かずさのくに》（現在の千葉県の南部）、常陸国《ひたちのくに》（現在の茨城県）、武蔵国《むさしのくに》（現在の東京都、埼玉県、および神奈川県の一部）、相模国《さがみのくに》（現在の神奈川県）、甲斐国《かいのくに》（現在の山梨県）、駿河国《するがのくに》（現在の静岡県の東部）、信濃国《しなののくに》（現在の長野県）の関東八カ国をたちまちに手中に収めることに成功した。

時、場所、物、人――因果の綾《あや》が織りなす運命そのものが、今、平将門という一人の男に集約し、個人を超越した強大な力となって、味方していたのである。

この力と共にあれば、どんなことでも不可能ではない。そう、どんなことでも――自分が巨大な生命の塊そのものになったように感じ、この超人的な力を存分に振るいたい、という強い欲求に突き動かされていた。

しかし、敵はさらに巨大である。日本という国の君主である天皇をいただく朝廷には、血統と歴史がもたらした権威があり、絶対的な正義がある。この国においては、朝廷に逆らう存在は悪であり、逆賊であるという動かしがたい定理がある。その定理は何人《なんぴと》たりとも覆すことができるものではなかった。まるで太陽が東から昇り、西に沈む現象が決して覆らないように。

それでも、時には絶対的な定理に反逆し、それを動かすために戦わなくてはならないことがある。朝廷という権威に向かって弓を引かねばならない時があるのだ。それは今をおいて他になかった。自分は民衆のために立ち上がり、独立した新たな国を作る必要がある。既存の常識と定理を打ち壊し、新たな世界を形作る使命を受けているのだから。

ただし、この国において帝をいただく朝廷に対抗するためには、義の精神だけでは足りなかった。怒りだけでは足りなかった。おそらくは、弱き者たちへの慈悲の心でさえ……天皇という権威は、日本においては神とも言える存在であるからである。

この絶対的な権威に逆らうためには、自ら神から使命を受けた存在になる必要があった。

そこで、〝第六天魔王〟と称して蜂起した将門公は、ついに自ら〝新皇〟を名乗り、兵を募って決戦に備えたのである。

「我は第六天魔王から命を受けた。腐敗した朝廷を打ち倒すために、我の元に集って戦え」と号令をかけたのだ。

すると農民たちのみならず、関東各地の豪族たちも集まって、兵数はさらに膨れ上がっていった。

数千の兵を城の前に集め、天に向かって皆で鬨《とき》の声を上げると、不可能なことは何もない気がした。自分には、この地の自然と神仏のご加護が付いている。義は我にあり、と。

将門公だけではなく、彼の元に集った兵たちもまた、同じような神秘的な感覚を共有し、高揚感を覚えていた。この士気があれば、寡兵《かへい》であっても朝廷の兵など恐れるに足らず、だ。たとえ幾万の敵がやって来ようとも、我らはたちまちにして打ち負かしてしまうに違いない。

志気も高く、最初の朝廷軍との戦では、将門公の先陣を切って猛烈に戦う勇猛さと大胆な策略とが相まって、見事に撃退した。彼の馬術と剣術、兵の統率力は非凡なもので、並み大抵の軍では太刀打ちできないほどだったのである。

この時、将門公自身も、農民たちも皆、未来への希望に酔っていた。このまま勝ち続け、地盤を盤石にして、朝廷側の貴族たちに搾取されない、平等で、光に満ちた自分たちの豊かな国を創るのだ。それもまた、不可能ではないように感じられていた。

しかし、〝親皇〟を名乗る逆賊を朝廷側がほうっておくはずがない。全国各地の豪族たちに声をかけ、大軍勢の討伐軍を次から次へと差し向けたのである。そうなると、将門公の軍は分《ぶ》が悪い。いかんせん多勢に無勢である。士気や勢いだけでは限界があるのは避けようがない事実であった。

絶え間ない戦いの中で、徐々に数に勝る朝廷軍に圧されてゆき、負け戦が続くようになった。兵たちは傷つき、疲弊して、数が減っていった。そうなると、損得勘定だけで参加していた坂東の豪族たちは離反し、寝返るようになっていった。それでも、将門公と復讐《ふくしゅう》に燃える農民たちの決意は揺るがず、徹底抗戦を続けたが、ついには逆転の余地がないぎりぎりのところまで追い詰められ

第六天魔王

た。このままでは、彼の領土の農民たち全員が命を落としてしまう。そんな事態を前に、ついに将門公は苦渋の決断をした。

「お前たちは、これ以上戦う必要はない。各々、自分たちの生活に戻り、生き延びることを最優先にせよ。我の命令で戦ってきたと言え。我がすべての罪をかぶる。そうすれば、我が力はお前たちと共にあるだろう」と農民たちに告げ、彼らの命と生活を守る覚悟を決めたのである。

実は、この反乱は、ただ単に平将門公の激情によって闇雲に起こされたものではなかった。もちろん、その腹の底から湧き上がった彼の強い怒りと慈悲の感情は真実ではあったが、将門公が義兄弟である藤原秀郷《ひでさと》公と村岡五郎公と共に、この歪《ゆが》んだ世の中を正すための綿密な計画の下で始めたものでもあったのである。

彼らは、朝廷の圧倒的な力に対抗するため、水面下でとある計画を練っていた。

「兄者が立ち上がるのであれば、我らも共に戦うぞ。どうか我らを引き連れてくだされ」と二人が将門公に求めた時、彼は断った。

「兄弟よ、我が命尽きたあとも、其方たちには多くの農民たちを守るという大切な仕事がある。其方たちは力を合わせて、皆が安心して暮らせる良い世にしてほしい」

そして、彼はそれぞれに重大な役割を与えた。

村岡五郎公には娘たちを安全な場所に避難させることを頼み、また義兄弟であり、おそらくは朝廷側の討伐軍の将軍に任命されるであろう藤原秀郷公には、非常に困難な義務を課した。

「いずれ我が軍が劣勢となる時が来る。その時、我の最期には貴殿が我の首を取り、京の都に運んで褒美を得てくれ。そしてその褒美を使って、農民たちのために尽くしてほしい」と、彼は静かに秀郷公に命じたのである。

将門公の首を刎《は》ねる、という任務は、秀郷公にとって想像を絶するほどの苦痛であった。彼は将門公の人柄を尊敬し、兄のように慕っていたからだ。しかし、彼はその重荷を受け入れた。なぜなら、それが農民たちの生存と平和な暮らしを守る、唯一の道であることは明白だったからだ。

そして、その日がやって来た。

将門公は義兄弟である藤原秀郷公と平貞盛公の連合軍との最後の戦いで、農民兵たちがいない手勢だけの寡兵ながらも大善戦してみせた。しかし、風向きが変わり、流れ矢が額に命中して、ついに命を落とした。

彼は、藤原秀郷公に首を刎ねられ、その首は平安京に運ばれた。

こうして将門公は自らの命を投げ出して農民たちのために戦い、死ぬことで彼らの生命を守った。そしてまた、その生き様と決断が農民たちの生活や、未来の地方の政治のあり方を変えることになったのである。

勇敢で、義の心に突き動かされて戦い、死んでいった彼の姿は、人々が望む〝英雄〟そのものであった。

4　平将門公が用いた宇宙的テクノロジー

平将門公の反乱には、農民の救済や朝廷への怒り、義兄弟との計略に加えて、もう一つ、高次元の光の存在の力が働いていた。

桓武天皇の血を引き、『三種の神器』と『玄天経典《こくてん》』の継承者である彼は、陰となって帝釈天《たいしゃくてん》を守っている〝摩利支天《まりしてん》〟の力を借り、この世の次元とは異なる宇宙的な力で保護されていたのである。現実的には、光の存在の意志を継承した将門公と皐姫《さつきひめ》は、〝八部衆〟と呼ばれる神秘的な忍者集団によって陰から守られていた。

平将門公は自らの命と引き換えに農民を守るために朝廷軍に立ち向かい、死亡したと思われていた。だが実際には、彼は生き延びていたのだ。彼は〝八部衆〟の秘術の力を借りて、最期の戦場で影武者と入れ替わり、本人は戦場を無事に脱出していたのである。影武者とは、光の存在の超ハイテク技術を駆使した一種のマジックで、現代におけるホログラムに似ていた。その驚異的な技術は、当時の目撃者たちにとっては現実そのものに映ったことは言うまでもない。

平安京の七条河原にさらされた平将門公の首が夜な夜な恨みの言葉を発し続けたとか、三日目の夜に、故郷の関東に向かって首が飛んでいった、という怪奇な伝説が今も伝わっている。しかし、それもまたすべて光の存在の宇宙的なテクノロジーによって為されたマジックの一つだった。

腐敗した朝廷や、残虐でずる賢い国司たちへ向けた将門公の怒りも、農民たちへの哀れみの感情も真実そのものであったが、それとは別に、高次元の光の存在から与えられた役割をどんな形でも果たすように、光の存在からの働きかけがあり、彼は知らずしらず守られていたのである。

だが、時の権力者たちは、自分たちの権威を保つために、真実を歪《ゆが》め、朝廷に反逆した将門公の最期を恥ずべきものとして伝えた。それは彼らにとって邪魔な存在であった北辰信仰（注一）――将門公が密かに信仰していた――を世に広めないための策略でもあったのである。しかし、高次元の光の存在たちは、そうした権力者たちの策略を予見し、将門公が生き延び、真の使命を果たすことを可能にしたのである。


人知れず生き延びた平将門公は、平安時代からの古い歴史を持つ真言宗の三つの寺に囲まれた結界の地にある、現在の江戸川区の目立たぬ寺の僧侶となった。そこで、桓武天皇の血を引く平家の者たちを匿《かくま》い、裏天皇として彼らを庇護した。それが平将門公の『玄天経典』の継承者としての役割であった。

元々、大師由来の寺は一つの大きな寺であったが、当時、平安時代に寺を三つに分けて、『三種の神器』を取りあえず隠し、現代の大手町にある平将門公の首塚に『三種の神器』の〝勾玉〟の一つを隠したという。戦後、米軍が平将門公の首塚に手を加えようとしたとき、触れてはいけない物に触れてしまい、大きな事故が起きたのであろう。なぜなら、そこに、光の存在が使用する霊的装置である三種の神器の勾玉の一つが納めてあったからである。

（注一）北極星や北斗七星を神格化した信仰

ちなみに、当時、三種の神器の剣は金山巨石群（岐阜県下呂市）に、鏡は十和田湖に隠されていた。

諏訪湖と平将門公の首塚の二ヵ所に納めてある勾玉が一つに合わさる時、次元の扉が開くという。その次元の扉が開く時は、二〇二六年七月十五日に北の聖地で〝天上夢幻の神事〟を行う時であり、この時、全国を網羅するすべての龍道が一つに繋《つな》がって活性化して動き出すとされる。

大師由来の寺には、後に、梵天《ぼんてん》の指示によって源平合戦で落ち延びた安徳天皇も迎え入れられた。安徳天皇の血筋の子供――すなわち、桓武天皇の子孫が、徳川家康の影武者になった。徳川家康の影武者の顔は、光の存在である水神のテクノロジーであるシールド技術によって、徳川家康と見た目をそっくりにした。

帝釈天に導かれた弘法大師の教えは、時を経て平将門公、皐姫、徳川家康、明智光秀、織田信長などの歴史上の錚々たる人物に脈々と伝えられていった。

我々がここで語りたいことは、これらの内容は史実に記載されている虚偽の歴史などではなく、光の存在から伝えられた真実の歴史そのものだということである。

この小説によって、日本三大怨霊と言われる菅原道真公、平将門公、崇徳天皇を含む英雄たちの真実の歴史が語られることで、時の流れが修正され、今後、徐々に歴史が正されていくことになるだろう。

誤った過去の歴史が、我々に伝えられていることで、この三者が関与した歴史の世界が次元の狭間でフリーズしているのである。それは謂《い》わば、その誤解された歴史の歩みが止まって、時空に浮いてしまっている状態である。

しかし、真実の歴史が語られて世に広まることで、これらの三つのフリーズした時空が成功した時空として復活し、我々の現在の歪《ゆが》んだこの世の時空と並行して未来に向かって進んでいくのである。

これにより、この歪んだこの世の時空は補正されながら進み、やがて近い未来にこの三つの成功した時空とこの世の時空が一つに融合し、本来あるべき正しい時空が創造されることになる。その時、我々は正しい進化の道を歩み始めることになるだろう。

ここで語られているように、平将門公の為したことの真の意図が、今、明らかにされると、停止していた歴史の輪が再び動き始め、新たな歴史の輪と共鳴する。そして、誤った歴史が修正され、神に寄り添った新しい世界が生まれる。農民のために蜂起し、ひっそりと生き延びた平将門公の行動は、神々と仏に導かれたものであって、決して間違いなどではなかった。

英雄たちは人々のために生き、人々のために死んだ。しかし、多くの英雄たちは、その時代の権力者たちによって、〝反逆者〟や〝怨霊〟に変えられた。それでも彼らの忠義の志は未来の子供たちに影響を与え、真の英雄としての精神が継承される。

現在、我々は、この重要な時代の転換点において、英雄たちを讃えるための慰神碑を北の聖地である北海道のある場所に建てた。人々の誤解を解き、真の英雄たちの姿を世に広めるために、これらの真実を書き記したこの物語もまた、この世を正しい未来に導く大師の教えが示す、人に課せられた空しさの流れの一つなのである。

5　平将門公は〝東の凶〟に邪を集め滅しようとした

より高次の視点から観れば、平将門公がこの世界で果たすべき大いなる使命は、〝東の凶〟――今日で言う東京――を作り上げ、この広大な都市に集ったすべての〝邪〟を閉じ込め、一掃することだった。それが彼の祖先である桓武天皇の意志と、光の存在の壮大な計画、そして『玄天《こくてん》経典』を引き継いだ者としての宿命だったのである。

京都――〝京の都《みやこ》〟を鏡のように反転させれば、〝東の凶〟となる。東京のような大きな都市には、欲望に満ちた邪なる多くの人々が群れ集まる。このような場所で邪を祓《はら》い清めることも、神の意志に従って生きた平将門公の任務だった。そのために彼は坂東平野を開拓し、大都市を作り上げるための基盤を築いたのである。

時が過ぎ、関東に江戸幕府が成立し、その後、皇居も東京に移された。徳川家康の治めた地に天皇が降り立つようになった。これはすべて最初から計画されていたことで、陰陽師《おんみょうじ》の家系である土御門家《つちみかどけ》が天皇を招き、邪を閉じ込め、一掃する計画が成立したのだ。

しかし、将門公は光の存在からのメッセージと弘法大師からの一二〇〇年間にわたる計画を進める使命を帯びていたものの、彼は、その時代の流れに翻弄され、目の前の農民たちの苦しみを見過ごすことができず、史実の中では反逆者として死んだこととなった。彼の行為は、第三者から見ると、未熟な意志決定であると思われるかもしれない。しかし、この世に存在する人々の邪を消し去るためには、平将門公自身が自らを犠牲にして朝廷に立ち向かわねばならなかったのである。

仏は、困っている人々に手を差し伸べ、慈悲の心をもって接する。しかし、この仏の行為は、状況次第では、宇宙的な視点から見ると、時に、神の法則に矛盾することがあるのも事実である。

平将門公の馬鹿羅《ばから》を解くと、「平和な穏やかな未来の先に進める門を通す人」という意味となる。馬鹿羅とは、漢字やひらがなや数字などの文字の情報に、頓知《とんち》を練り込んで、その場所で感じたものを織り込んで内容を考えるものである。その時の状況に応じて文章を変えていき、新しい事実が現れたら異なる馬鹿羅に変わる。人に向けての馬鹿羅とは道徳そのものであり、道徳を説く技でもある。悪いことをしてはいけない、悪いことは悪い、良いことは良いと判断する心を持って、自分の力で歩んでいくことが道徳であり、その導きのヒントになるのが馬鹿羅なのである。

大師は「頓知で当てはめることによって、人の心に向上心、明るい心が芽生えた時、それと同時に周りの環境も明るく変わっていく。頓知を使って誰も最悪のことを言う人などいない。詩に書く時は、常に前向きな考えになる」と言う。

人は、進んで前向きな考えを心に強く持つことによって、明るい未来を目指して歩もうとするので、周りの環境も明るくなる。大師は「人、それぞれの明るい未来を描くことが極意」であり、それが馬鹿羅の本当の狙いであるという。

馬鹿羅によって、平将門公の真の役割を理解することもできる。

平将門公と印旛沼の伝説、そこで龍の体が三つに裂かれたという話は密接に繋《つな》がっている。彼の死後、その呪いを恐れた人々は、首だけでなく、身体も七つに分けて東京の七つの神社で祀るようになった。

実は、首が落とされた場所は、邪を集める地を示す。大都市である東京にすべての邪を集める。東京とは、〝東の京〟ではなく、〝東の凶〟を意味するのである。

第四章　皐姫《さつきひめ》の苦難に満ちた壮絶な人生

1　皐月姫《さつきひめ》は〝羅刹《らせつ》〟から〝夜叉姫《やしゃひめ》〟として戦った

平将門公の養女である二人の妹は、姉を逃すために犠牲になって殺され、長女の皐月姫《さつきひめ》だけが生き残った。皐姫は、将門公と同様に朝廷側から命が狙われているので、村岡五郎公の働きで彼の一族が支配している東北の領土に逃げることになった。

そこで見た東北の奇妙な風習や人々の暮らしに驚きつつも、皐姫は法力を用いてその土地に巣くう山賊たちを次々と討伐した。山の樹木や、茂みの間から朝露の上を勢いよく駆けて襲ってくる荒ぶる山賊たち――農民たちを襲い、金品を略奪する彼らに、皐姫は果敢に立ち向かった。鮮烈な閃《せん》光《こう》のような虹の法力を振るって山賊たちを退治し、村岡五郎公の領地を転々としていった。しかし、自分の素性が明らかになることで村岡五郎公に迷惑がかかることを恐れ、彼女は鬼の面を被り、十和田湖の周辺では〝羅刹《らせつ》〟を名乗って戦っていた。

一度、皐姫が山賊との激戦で深手を負った時、村人たちはその傷が見る見るうちに塞がる様子を目《ま》の当たりにした。鬼の面を取り、その美しい顔を見せた彼女に対し、村人たちは神々しさを感じ、「羅刹様は、平氏の血筋の姫様だったのだ」と口々につぶやいた。こうして〝羅刹女〟の伝説が生まれ、東北の地に広まることとなった。

青森県の十和田神社には、龍神伝説が伝わっているが、ここにも皐姫の影響が残っている。その伝説とは、次のようなものである。

当時、八郎太郎という八つの頭を持つ龍が湖を支配していたが、悩める人々を救ってくださる仏が現れることを願って熊野で修行した南祖坊という霊験あらたかな修験者が「九頭龍」に変化し、七日間の戦いの後、十和田湖の八つの頭を持つ八郎太郎という龍を退治した。その南祖坊を青龍権現として崇め祀ったのが十和田神社である。その南祖坊は、法力を使う僧であった。

この伝説の真相は、当時の東北の地には、八つの山賊グループがおり、南祖坊は弘法大師の法力を使い、皐姫が鬼の仮面を被って善如龍王の虹の力を使い、南祖坊と協力し、これらの山賊グループを追い出したことを意味している。

山賊の勢力が収束すると、皐姫は新たな戦闘のために東北の山賊たちを説得し、彼らを仲間に引き入れ、故郷の下総《しもうさ》に戻った。そこで彼女は、父、平将門公の遺志を継ぎ、農民を守るために立ち上がった。今度は、夜叉の面を被り、闘志を燃やす彼女は〝夜叉姫〟と名乗り、現在の龍ヶ崎市森林公園の奥深くにある寺で、朝廷に対する抵抗を続けた。

夜叉姫と部下たちは、民衆を救うために、国司の蔵から穀物を盗み出し、飢餓に苦しむ人々に分け与えていた。しかし、朝廷からは反逆者と見なされ、命を狙われる日々が続いた。そのため、下総に戻るとすぐに安全な隠れ家が必要となった。

この頃、皐姫はとある側近と愛し合い、男の子を産んでいた。そこで、自分たちの家族のためにも、遠方の東北の地に逃げ延びて、しばらく帰ってこない間に、今の龍ヶ崎市森林公園の地に隠れ屋敷を作るよう、愛する男に金を渡して頼んでおいた。しかし、その側近の男は、公家の出で、育ちがよい坊ちゃんだったので、大工にお金を渡して頼んだものの、無責任にもきちんと管理をせず、身の危険を察すると一人、さっさと京に帰ってしまったのである。

皐姫と部下たちは、数々の戦いの中で危険を冒し、ようやく千葉の龍ヶ崎市森林公園の地に戻ってきた。しかし、そこには何も建っていなかった。大工は隠れ屋敷を建てることなく、お金を持ち逃げしていたのである。隠れ屋敷が建っていなかったため、皐姫と部下たちは捕まってしまった。皐姫は、愛し、子供まで作ったその側近を信用し、すべてを託していたが、裏切られたことを知って、絶望した。

皐姫は勇敢で、正義の心と強い法力を持っていたので、農民たちからは人気があった一方、地元の有力者たちとは上手く付き合うことができなかった。平将門公は人望が厚く、民衆から〝親方様〟と親しみを持って呼ばれ、皐姫は「姫様」と呼ばれていた。財政的に援助してくれた人たちもいたが、彼らは皐姫に尽くしていたわけではなかった。平将門公が亡き後、援助してくれていた人たちは同様に皐姫に力を貸すかというと、そうはならなかった。

皐姫は、やはり父親があっての姫である。懐が深く、人間的に寛容なところがある父親と違って、皐姫は自分の思っていることをはっきりと言う、きつい性格の持ち主であった。皐姫が父の遺志を継いで朝廷と戦うことになったが、援助してくれていた人たちへの上から目線での対応が、彼らには受け入れがたいものだったのである。

時に、人との付き合いというものは、たとえ上の立場の人間であっても、人にものを頼む時は、一歩下がって頭を下げるつもりで言い方を変えねばならない。しかし、生まれながらの姫である皐姫には、それができなかった。自分は姫であり、正しいことをしているのだから、協力せよ、という上からの物言いをするのが常だった。その高慢な態度が、このような裏切りと失敗を生むことにもなったのである。

結果、皐姫と部下たちは捕まり、洞穴に閉じ込められることになった。皐姫が見ている前で、多くの部下たちは飢え、土を口に入れて喉を詰まらせて死んでいった。法力を持つ者たちは、生命と引き換えに朝廷の飼い犬になることを迫られた。皐姫に従っていた部下たちは平家の人々であり、彼らは桓武天皇の血筋を引いているため、皐姫ほどではないが法力が使えたからである。

当時の朝廷は桓武天皇の血筋ではなかったので、法力が使える人がいなかった。朝廷は、権威を保つために法力が使える人間が必要であった。それで「朝廷のお抱えの陰陽師《おんみょうじ》として朝廷に仕えるなら、其方たちは生かす」という条件を持ちかけ、法力が使える皐姫の部下たちの多くは、陰陽師として朝廷に仕えることになったのである。

2　安倍晴明は皐姫《さつきひめ》の子

朝廷側は、皐姫《さつきひめ》を処刑しようとした。しかし、農民たちは一致団結して、命をかけて抵抗した。

彼らは「皐姫様を処刑するなら、我らも皆死にます」と朝廷に直談判したのである。朝廷側もそうなると年貢が取れなくなるので「皐姫の子を人質として朝廷が預かる。皐姫は仏門に入って、静かに暮らすように命ずる」と彼らに通達した。皐姫は、狐の面で顔を隠し、身分を明かさないことを条件に、我が子に会うことが許された。この息子が後に、安倍晴明と呼ばれる高名な陰陽師《おんみょうじ》になるのである。

安倍晴明は狐から生まれたという言い伝えがあるのは、皐姫が狐の面をかぶって息子の安倍晴明に面会していたのが、その理由であろう。

なぜ安倍晴明が朝廷側の力の強い陰陽師とされているかと言うと、朝廷側の権威を守るため、力の強い陰陽師が必要であったためである。それは、狐から生まれた安倍晴明が強い法力を使う陰陽師であり、〝夜叉姫〟という妖術を使う皐姫を退治した、と歴史を作り替える必要があったからだ。もし、そのような虚偽の歴史を作らなければ、人々を助け、〝夜叉姫〟と呼ばれた皐姫が英雄として歴史に残り、朝廷側の権威が失墜するからであった。

安倍晴明は、母と同様に、強い法力を持っていた。彼が生まれ、青春時代を送ったのは、芝山古墳がある地域である。当時は芝山古墳の近隣（千葉県）、今の芝山町にも町があり、成田山新勝寺ほどに栄えていた。栄えていたのは、平将門公がそこを拠点としていたためである。平将門公という英雄を讃えて人が集まったのである。

その地にある芝山観音（芝山仁王尊とも言う）の場所には、平将門公の隠れ家があった。朝廷の歴史を改ざんする目的によって、それらは燃やされ、町それ自体が歴史から葬り去られてしまっ

た。しかし、その後、その寺を千葉氏が建て直し、十一面観音を祀った。その十一面観音は皐姫を表している。

芝山観音のすぐ近くには、殿塚古墳と姫塚古墳の二つが、ひっそりと並んでたたずんでいる。現在、この二つの古墳は誰の墓であるか明確にはされていない。実は、この殿塚古墳は平将門公の墓であり、姫塚古墳は皐姫の墓である。この事実はどの書物にも記載されていない。

平将門公が拠点としていた龍角寺（千葉県印旛郡）がある。平将門公が討伐された後、この地に伝わる伝説では、彼の頭が龍角寺に奉納され、祀られたという。その当時、その龍角寺の近隣は、五重塔もあり、大きな町として栄えていた。後の江戸時代、徳川家康が度々お忍びで、この地を訪れ、ここ龍角寺で寝泊まりしていたという。

しかし、朝廷は、ここも芝山観音と同様に燃やし、平将門公を歴史から葬り去ったのである。

皐姫は息子が法力に目覚めるのを早い段階から予感していた。面会の際に、手紙に法力の正しい使い方を書き、着物に縫い付けて息子の乳母にこっそりと渡した。その手紙には、「この法力を正義のため、人々のために使いなさい。朝廷側の人間には嘘の法力の使い方を教えなさい」と書かれていた。

その後、母、皐姫の書いた手紙を読んだ安倍晴明は、朝廷側の陰陽師となり、めきめきと力を示していった。彼は、我慢して朝廷側に付いた振りをしながら、皐姫の言いつけに従い、世のため、正義のために法力を用い、皆には嘘の法力の使い方を教えた。今の陰陽師に強い法力がないのは、微妙に方法がずれているからである。

安倍晴明は世を正しい方向に導くため、帝釈天《たいしゃくてん》、弘法大師から、皐姫を通して『三種の神器』を守るように伝えられていた。そこで三種の神器を守るために、桓武天皇の血筋の人々には法力の正しい使い方を伝えていた。

3　安倍晴明の式神となった虎姫

古い歴史を持つ妙義神社（群馬県富岡市）には、四柱の神の他に、二柱の人神が祀られている。それは安倍晴明と虎姫である。虎姫の正式な名前は、『白虎白雪姫』である。

虎姫は、白虎、青龍、玄武、朱雀の中の白虎の力の使い手であり、安倍晴明のためにその力を使っているうちに、二人の間に恋愛感情が芽生えた。

安倍晴明は人であるが、虎姫は妙義神社に祀られている神であった。天界のルールにより、二人が一緒にいるには、妙義神社の門番である一対の金剛力士の許しを得る必要があった。虎姫が安倍晴明の式神となることを条件に、許され夫婦となった。

安倍晴明は、式神となった虎姫の白虎の力を得ることによって、〝月読の力〟を身につけることができた。

4 『五の魔』を祓い未来を定める『五つの門』

光の存在からの通信内容では、早良《さわら》親王と安倍晴明の二人が、今後のこの世をより良い方向に導く重要な役割を担うことが判明した。

弘法大師から、密教の曼荼羅《まんだら》に相当するような神仏の役割と繋《つな》がりを示す、この世と高次元を繋ぐ五つの門があると言う。

弘法大師によると、この世と高次元を繋ぐこれらの門を『五次元への門』と言う。

平安時代の変遷期において〝迷宮の門〟と〝鬼の門〟は場所が近かった。そのため、この世の次元に〝鳴門《なると》の渦〟が発生した。この渦の発生によって、この世の次元が不安定になったため、この渦の歪《ゆが》みを抑えるために早良親王がその渦の真ん中の柱に入った。しかし早良親王の法力が足りないため、この三次元の世はまだ不安定であった。

そこで、早良親王は牛頭《ごず》天王＝須佐之男尊《すさのおのみこと》と契約して力をもらい不動明王となったのである。

現在という時代の変遷期を迎え、二〇二二年六月十五日に天神様が菅原道真公から安倍晴明に交代することになった。それにより〝鬼の門〟は正常な位置に戻り、不動明王（早良親王）が、妙《みょう》宇聖命《うしょうのみこと》になると、『星ノ、置ノ、門』が発動され、すべての次元世界が一つに統一され、我々の世を含む未来の世界が良い方向へと向かうという。

この『星ノ、置ノ、門』が発動されることは、蔵王権現《ざおうごんげん》の力が発動されることを意味する。つまり、大きな時代の変遷期である現在において、光の存在である神々の世代交代が行われて、不安定なこの世の次元が定まり、この世がよりよい方向に向かっていくことを示している。

弘法大師は、『五の魔』が祓《はら》われる時、次のようにも伝えている。安倍晴明が妙宇聖命になることによって『五の魔』が祓われて迷宮の霧が晴れることで、この世の矛盾が払い除けられると言う。

妙宇聖命が、その聖寂な空間に法力を使うことにより、『星ノ、置ノ、間』ができ上がる。それすなわち宇宙との関係、宇宙との交信により世の未来が定められるのである。

言い方を変えると、裏からこの世を支えていた陰の組織が表に出てきて、この世の中を正しい世に変えるとも言える。その陰の組織とは陰陽道に関係する人々であるという。

5　不条理に直面しながらも戦い続けた皐姫《さつきひめ》

皐姫《さつきひめ》が東北に逃げた時、鬼の面を被って〝羅刹《らせつ》〟として山賊を成敗していったが、それは必ずしも単純な勧善懲悪の道というわけではなかった。

当時、東北の地では、山に盗賊が隠れ、里の農民に対して略奪行為など野蛮な行為を繰り返していた。その地に住んでいたのは確かに弱い農民たちであったが、彼らは戦うことはおろか、「自分たちのことは自分たちで守る」という強い意志を盗賊たちに示すことはほとんどなかった。彼らは山賊たちと戦うことを諦め、逆らうこともせず、むしろ協力していたのである。

皐姫が千葉氏の働きで東北の地に逃れ、その地で鬼の面を被って山賊たちを討伐していた時、「自分の身は自分で守るべきである」という皐姫の教えに対しても、耳を貸すのはその場限りであり、実行することはなかった。残念ながら、彼らは安易な道を選び、盗賊たちには「私たちは、何をされてもあなた方には逆らいませんよ」という従う意思を示して、妥協していたのだった。

彼らは、その地で夜に行われる祭り（ねぶた祭の原型）で、たいまつなどの光を使って山賊に合図し、若い女や、子供や、食料を差し出して、その場を鎮めていた。言わば、山賊たちへの人身御供を行っていたのである。その祭りはまるで悪魔崇拝の儀式のようであり、彼らは自ら悪に協力することで、何とか自分たちの生活を守っていたのであった。

潔癖で、善良で、正義の心に燃えて戦った皐姫は、この事実を後に知ることになっていった。そこに住んでいた山賊だけが悪いとか、そこにいた農民たちが被害を受けていたという単純な話ではなかった。当時から、弱い者たちは安易に楽な道を選び、その場さえなんとかしのげば良い、という生き方をしている人が多かったのだ。

このような土地に生きる人々に対し、弘法大師は「その地の呪縛から解き放たれ、その土地を離れることは正解なのだ。その土地に残る者はおかしい」と言う。

そうした土地で、よそ者を受け入れないのは、自らの汚点を隠すためもあるのであろう。よそ者を入れない傾向は、人の中の鬼の魂の現れでもある。

皐姫は農民たちのために山賊たちと戦いながらも、そうした不条理な現実や、弱く、卑屈な人の心といったものに直面し、自分のやっていることには意味があるのだろうか、と一人、苦悩していた。それでも彼女は東北各地を旅しながら、自らの運命に抗うことなく、山賊を退治していった。

一通り山賊たちを退治して、彼らの活動が収まった頃、皐姫は千葉の本拠地に戻ることになった。帰郷した時、二人の妹たちが自分を逃すために身代わりとなって殺されていたことを初めて知って、非常に悲しんだ。

6　書き換えられた英雄たちの伝説

東北の十和田湖の龍神伝説には、続きがある。南祖坊という僧侶が九頭龍となって八幡太郎という龍を倒したあとに、九頭龍が青龍になったという九頭龍伝説である。しかし、本当は、神と祀られた皐姫《さつきひめ》を十和田湖に納めて、それが青龍伝説に変わったと推察される。逆賊・平将門公の娘である皐姫の偉業を歴史から消すために、複雑な歴史の書き換えがここでも行われていたことを物語っている。

十和田湖の近隣の戸来村にある十字架は、千葉氏が信仰した北辰信仰（北極星や北斗七星を神格化する信仰）の十字架であり、神が現れた場所を意味する。ところが東北の地で祀ってあった十字架は、言わば逆十字であった。その十字架は北辰信仰の十字架であるはずであるが、角度が全然違っていたのである。意図的に十字架の角度が四十五度ずらされて祀られていたのである。

皐姫は、そのずらされて祀られていた十字架を見つけては、元に戻した。

皐姫は、逆十字という神を愚弄する輩が集まったその地から、聖なる魂を持つ戦士だけを選び、一緒に本拠地である故郷（龍ケ崎市森林公園のあたり）に帰って、朝廷と戦うことにした。つまり、皐姫は、ほかの鬼の魂を持つ多くの者たちを、その鬼の地に残して立ち去っていたのだ。

千葉の地に住んでいた人たちは、東北の人たちとは違った。彼らは勇気を振り絞って、人々のために命を懸けて戦った英雄、平将門公と皐姫の話を印旛沼の龍伝説や龍ヶ崎市森林公園の龍伝説として残した。

印旛沼の龍が三つに裂かれたという伝説にある三つの龍の身体は、桓武天皇の血筋で三種の神器を預かっている光の存在から命を受けていた英雄たちのことを示している。その英雄たちとは『日本三大怨霊』と言われている菅原道真公、平将門公、崇徳天皇であり、それぞれ天神の力、神田明神の力、金比羅稲荷大明神の力を表している。

印旛沼の龍伝説では、体格のいい坊さんが龍に変わった。これは苦しんでいる農民のために立ち上がって戦い、命を落とした平将門公を語った伝説なのである。

一人の姫が干ばつで苦しむ人々のために雨を降らして龍になった、という龍ヶ崎市森林公園の龍伝説は、苦しんでいる農民たちのために命を懸けて戦った皐姫のことを語った伝説である。

一方、朝廷側は強力な力を持つ陰陽師《おんみょうじ》として安倍晴明を作り上げ、本当の術の方法を封印した。それと同時に、弘法大師が考えた白虎、朱雀、玄武、青龍の四神の力を集結し、協力して物事を成せば世は良い方向に向かう、という計画に対して、朝廷側は民衆が四神の力を発揮できないよう、意図的に四神の方角を変えて伝えたのである。そのため、日本人が本来持っている、日本を正しい方向に向かわせるという、それぞれが持っている力が発揮されず、その時から日本人が持っていた四神の力は徐々に弱まっていった。この朝廷の策略は、現在に至るまで日本人に負の影響を与えている。

平将門公と皐姫の親子を高次元の観点から紐解くと、天界における天部の戦いこそが、特別なこの二人の存在をこの地に誕生させたと言える。

天部の戦いの末、阿弥陀如来の和解案によって、帝釈天《たいしゃくてん》は許された。ただ、帝釈天は、御魂として大師に入り込んで一生を送ったので、仏の等価交換によって、天部には直接戻ることはできなかった。そのため、人として一回生まれて、その人生を全うしてから天に上がらなければならなかった。

すなわち、帝釈天は平将門公として生まれたのである。そして、光の存在の導きによってことを成して人々の心に残り、龍のメッセージを残し、天に戻った。

一方、善如龍王も仏の等価交換によって、人として一回生まれなければならなかった。善如龍王は、皐姫として生まれた。そして父である平将門公の意志を受け継ぎ、人生を全うして、天に戻ったのである。

7　崇徳天皇の娘と弁慶との出会い

その後、桓武天皇の血筋で、帝釈天の魂を持つ平清盛公が権力を握り、平安京を統一するために立ち上がった。その時に、源氏などの勢力を一掃して平家が一つになり、繁栄した。それにより、人々は創造主が望む正しき道に進むかに見えた。しかし、そうはならなかった。

平清盛公は、人間同士の助け合いや、人と協力することをしなかったので、何でも自分で判断し、自分一人で行ってしまった。そのため、平家についていた兵隊たちが目の届かないところで怠けて、豪遊をするようになった。それを見ていた民が、平家は落ちぶれたと反発してやがて暴動になり、抑えることができなかった。それが源平合戦を招き、平家を滅ぼすことになるのである。

平清盛公の死後、その血筋である崇徳天皇は骨肉の醜い争いに巻き込まれた。白河上皇は崇徳天皇を可愛がっていたが、上皇の死後、時の後白河天皇が崇徳上皇の存在を煩わしく思い、今の香川県の善通寺市に配流し、崇徳上皇は非業の死を遂げたと言われている。

崇徳上皇は、海外から来た特別な訓練を受けた外国人を束ね、忍者部隊を作っていた。身の危険を感じた崇徳上皇は、娘を守るために、常に忍者を連れて娘に横笛を教えていた。娘が姫として小さい時の名前が『あすか』であった。

崇徳上皇が迫害され、危険が迫り娘を逃がす決断をした時、自分の形見の横笛を娘に渡し、八人の側近の忍者に、娘の命を守るよう命じた。彼らは、崇徳上皇の娘を連れて鞍馬山（京都市）に逃げ、娘はその地で剣術を習いながら育った。

鞍馬山の僧侶の中に若い一人の僧侶がいた。それが武蔵坊弁慶である。ある時、一人の少女のように美しい顔をした少年が、横笛を吹いて武蔵坊弁慶の前に立った。彼（彼女）こそが源義経である。

崇徳上皇は気が狂っていたとか、妖怪だとか言われているが、実際はごく穏やかな人物であった。和歌を詠み、絵や、詩も嗜んでいて、何よりも横笛が好きだった。横笛を吹いて鳥と話をしていた、という心の清い、純粋な人であった。それ故に人々の邪な心や、俗世の荒波に耐えることができなかった。

崇徳上皇は迫害を受け、彼が残していた和歌、絵や詩など、すべてを燃やされたのである。それ故、記録としては残ってはいない。

続いて鎌倉幕府が誕生し、実権が武家に移った。つまり、崇徳上皇の呪いの言葉である「皇を取って民とし、民を皇とならん」が現実となったのである。

崇徳上皇のこの言葉は、神の血が天皇家だけではなく、未来は一般大衆にも広がり、多くの人々が導かれ、未来を救うことに繋《つな》がることを意味していた。

8　人々の魂を正しい方向に導く〝道徳〟

早良《さわら》親王から始まって、平家の流れは崇徳天皇で終わっている。

淡路島に流された早良親王は、濡れ衣を着せられて苦しんだ人である。ところが早良親王は、後に桓武天皇から崇道天皇という尊号を贈られた。

崇道天皇、崇徳天皇の「崇」の字をとって並べると〝道徳〟となる。

道徳とは、人として駄目なことをしてはいけない、と自分で判断する心を持つことである。これは、未来に向けて、人類が邪の心に浸食されず、人任せではなく自分で生き方を決めなさい、ということである。これも一つの我々に向けての馬鹿羅による、新時代の扉を開くための導きである。

例えば、崇道天皇の〝崇〟と崇徳天皇の〝崇〟を合わせると、〝崇崇《すす》〟であり、積み重なった人の心の〝崇崇＝煤《すす》〟という汚れを払うのが〝道徳〟なのである。つまり、道徳が魂の煤を払うのである。煤とは、人の穢《けがれ》のようなものである。

要は、〝道徳〟はそれだけ大切だということを表す。しかし、残念なことに、最近は〝道徳〟という言葉自体が消えかかっている。それどころか平安時代からこの傾向は強くなっていたのだ。

早良親王が存命であった奈良時代から平安時代に移る時、疫病が流行し、淡路島に流されることになった早良親王と一緒に、疫病の疑いのある多くの人たちが一時隔離のため船に乗せられた。早

良親王は「疫病が収まるまで、しばらくは淡路島に留まって様子を見ないと周りに広がる」と皆を説得しようとした。しかし、事前にそのことを察知した一部の豪族が、そんなところに隔離されてたまるか、と説得に応じず、暴動を起こして早良親王を殺し、逃げたという。

疫病から戦争への流れは、現代にも通じている。

光の存在は戦争について、「未来は、流行病《はやりやまい》の蔓延《まんえん》から始まって、次に争いごとが起こる」と予言している。

この負の流れを断ち切るためには、そうなる前に手を打って、正しい世の流れを作る必要がある。

光の存在は、「取り乱してはいけない。取り乱すことによって過去の過ちを繰り返す原因になる。冷静になって、各々の人が自らの使命を理解して今できることをやることと、皆と協力して世を正すという気持ちを忘れないことが大切である。そうすることで悪い流れは回避される。自然に起こるものは自然に消えていくものでもある。それを絶望して取り乱してしまうと、この世が誤った方向に向かってしまう」と言う。

9　『日本三大怨霊』は〝怨霊〟ではなく真の英雄

ここまでに登場した菅原道真公、平将門公、崇徳天皇の〝日本三大怨霊〟の話は、〝三種の神器〟の中身を象徴する。光の存在からのメッセージによると、三大怨霊は三次元から五次元に移行する〝未来への扉を開く道しるべ〟になるからである。

菅原道真公は学問の神として有名だが、実は〝道徳〟を教え導く神である。平将門公は勝利に導き未来への門を通す神であり、崇徳天皇は魔を切り離し、悪縁を切る縁切りの神である。

三種の神器にたとえると、菅原道真公は人の御魂を裁く存在であるから〝剣の力〟。平将門公は人との関係を築き協力して勝利に導き未来への門に導く神であるから〝勾玉の力〟。崇徳天皇は魔を見極める存在であるから〝鏡の力〟である。つまり、これらの〝三柱の明神〟は、それぞれ三種の神器の力に対応する。

三柱の明神に共通するのは剣である。

菅原道真公は人の御魂を裁く剣の力。平将門公は最初に反りのある刀を考えて作った人であるから、現実世界で邪を切る剣の力。次の崇徳天皇も魔を見極めて悪縁を切る剣の力である。

すなわち、日本三大怨霊とは〝怨霊〟という恐ろしい存在などではなく、我々人類を正しい未来へと導く神から遣わされた真の英雄なのである。

だからこそ菅原道真公は天神様、平将門公は神田明神様、崇徳天皇は金比羅稲荷大明神様として、今も祀られているのである。

第五章　源義経と弁慶の秘密

1　安徳天皇が生き延びた理由

海が激しくうねっていた。しかし、それは自然現象ではなかった。頭上に矢が飛び交う中、船上で人と人がぶつかり合い、ねじれ合い、自らの命と一族の命運を懸けた戦いである。そこにいるすべての人間たちの感情が激しくうねり、揺れ動いていたため、自然もまたそれに呼応して荒れ狂って見えているに過ぎなかった。

平清盛公が孫の安徳天皇を即位させ、天皇の外祖父となって以降、傲《おご》りたかぶる平家に対する反動が全国のいたる所で生じていた。後白河法王の息子・以仁王《もちひとおう》の反乱を皮切りに、六年にわたって続いた源平合戦は、一ノ谷の戦いから屋島の戦いを経て、源氏優勢のまま最後の大詰めを迎えようとしていた。壇ノ浦の海上に平家を追い詰め、一進一退の海戦が続いたがそれも数刻、日本列島を覆い尽くすような巨大な運命の流れに逆らうことは、もはや人の力には不可能なようだった。それがいかにこの壇ノ浦の潮流を知り尽くし、海戦に慣れた平家の水軍とて、同じことだった。

とは言っても、開戦当初は海の戦いに慣れた平家が優勢だった。源氏はあくまで陸軍である。風向きも、潮の流れも平家に利がある中、苦戦を強いられた。しかし、運命の流れには天も味方するものらしい。突如、風向きも潮の流れも変わり、たちまち源氏が優勢になった。以降、その流れは増すばかり。戦場の流れを察し、次から次へと源氏側に名のある将たちが寝返る中、平家の総大将である平宗盛は生け捕られ、弟の知盛ももはやこれまでと海に身を投げた。

大勢は決した。史実ではついには清盛の孫である安徳天皇も祖母の二位尼《にいのあま》に抱きかかえられ、三種の神器と共に入水し、母、徳子も後を追ったということになっている。しかし、実は、壇ノ浦の海に入水した安徳天皇は身代わりで、小舟でこっそりと逃れ、落ち延びていたのである。

源氏側の総大将である源義経は、戦の流れにも、船上の不審な動きにも敏感な質だった。源氏の棟梁《とうりょう》である兄、源頼朝から三種の神器の確保を最優先に命じられていた手前、決してそれを手にしている安徳天皇の一族を逃すわけにはいかなかったのだ。海に身を投げた幼い安徳天皇が本能的に身代わりであることを見抜くと海上から捜索隊を出し、ついに彦島に逃げ隠れているらしい、という情報を手に入れた。

義経は自ら島に乗り込んだ。森の中を捜索しているうちに、ついには安徳天皇とそれを護衛するわずかな兵たちの一行を見つけた。女たちの姿はどこにもなかったから、母も祖母も本当に入水することで、何とか幼い天皇だけでも逃げ延びさせようという、命を懸けた作戦だったのだろう。義経たちは、最後の抵抗を試みる護衛兵をあっさりと切り捨て、本物の三種の神器が入った箱を見つけて確保すると、ついにただ一人残された幼い安徳天皇自身を前にした。

不思議だった。

まだ六つ七つでしかないはずの幼女のようなあどけない顔をした天皇は、返り血を浴び、殺気を身にまとった義経を前にしても、泣くことはおろか、一切おびえる様子を見せなかったのである。

それどころか、懐から一つの巻物を取りだして、彼に読むように命じたのだ。

義経は呆気《あっけ》に取られて素直に巻物を受け取ると、その場で紐解き、読んでみることにした。母からも祖母からも離れ、最後の味方の兵たちも失い、いざ自分を殺そうとしている源氏の総大将を前にしても動じることなく、平然とした顔つきで巻物を取りだして、「これを読むように」と言うのである。おそらく、何かよほど重要なことが記されているに違いない。

義経は幼い頃から徹底して剣技を学び、人並み外れて武芸に長けていたものの、もちろん、身分ある一族の一人として、仏教や儒教に対する知識、漢文の読み方等、一通りの教育は受けていたし、ある種の知的好奇心の持ち主でもあった。彼は、焦る部下たちに周囲の警備を命じて人払いをすると、自分の側で立ち尽くす安徳天皇と二人きりになり、岩場に腰掛けて巻物に目を走らせた。すると次第にその内容に引き込まれ、戦場であることも忘れて夢中になって読み耽《ふけ》っていた……そして意外なことに、顔を上げた時には、まったく世界が変わって見えていたのである。

その『玄天経典《こくてん》』と題された不思議な巻物には、弘法大師のこの世の未来の計画が記されていた。それは邪なるものが跋扈《ばっこ》するこの世において、日本を光の世界へと引き上げるための壮大な計画であった。

「神の壮大な計画を実施するには、神の血を色濃く受け継ぐ裏天皇として、桓武天皇の血筋を絶やしてはならない」と書き記されていた。とりわけ、桓武天皇の血を引く平家の血筋の人々こそが、この世界を救済することになるのだと言う。

その内容を理解した義経は、幼い安徳天皇を逃がすことを決意した。なぜなら、彼の本当の出自は源氏ではなく、平家にあったからである。

2　平家に生まれた源義経

時は、十数年前に遡《さかのぼ》る。

鬱蒼とした森が生い茂る鞍馬山の一角で、長刀を振るっている一人の大柄な僧侶がいた。彼――武蔵坊弁慶は、元々は比叡山の僧侶であったが、定型の勉強や慣習、権力を嫌い、山伏となってこの山で一人、修行に明け暮れていたのである。山中を走り回ったり、崖を登ったり、長刀を振るった。人の領分を超えた力を得るために、時には、山賊と戦ったり、武士と立ち合って腕試しをしては、刀を奪うことでも知られる厄介者であった。

ある朝、鞍馬山の麓にある巨大な岩の上に、一人の少女のように美しい顔をした少年が立って、横笛を吹いているところに出くわした。彼は、しばらく木陰に隠れてその音色に聞き惚れていたが、相手が腰に宝刀のような見事な刀を帯びているのを見て、姿を現し、立ち合いを申し込んだ。相手が子供なので殺すつもりはなかったが、勝ったら、その刀と笛を奪い取るつもりでいたのである。

「我は修行僧である武蔵坊弁慶なり。いざ、立ち合わん！」と叫んで長刀で斬りかかると、少年は軽やかにかわして隣の岩に跳び移った。

「何をするか、卑怯者！」と少年は叫びつつも刀を抜き、長刀を枝葉でも打ち払うように軽やかに受け流しながら、ぴょんぴょんと岩場の上を跳び回る。

あげく、相手が疲れたところで懐に入り、峰打ちをして実力のほどをわからせた。

自分より一回りも二回りも小さなこの少年の身のこなしと剣術、勇気に感嘆し、弁慶は頭を下げて降参し、自分を初めて負かした相手を心から讃《たた》えた。

この時、弁慶は心底嬉《うれ》しかったのである。

僧侶である彼は求道者であると同時に、ありあまる力をもてあます武の修行者であり、その力を発揮する運命のようなものを求めていた。

長い間、なぜ自分一人だけがこの荒れ狂うような力を持って生まれ、どこにも居場所がないのかわからないでいた。どこにいても、何をしていても、ここではない、これではない、という違和感を覚えていたのだ。

きっと自分の力を必要とする場所、人があるはずだ。しかし、それがなかなか見つからない故に、荒くれ者となって、世の中からも、僧侶の世界からもはみ出した生活を送っていたのだった。

だが、ついに自らの力を存分に生かすことのできる運命と出会った、と直感したのである。

この少年のために自らの力を存分に役立てよう。

この時以来、街中や山中を暴れ回っていた武蔵坊弁慶は、源義経の第一の家来となったのであった。

源義経は鞍馬山で天狗《てんぐ》に剣術を習ったと言われている。しかし、この天狗とは平家の武士であっ

郵 便 は が き

料金受取人払郵便

新宿局承認

2525

差出有効期間
2025年3月
31日まで
（切手不要）

1 6 0-8 7 9 1

1 4 1

東京都新宿区新宿1－10－1

(株)文芸社

愛読者カード係 行

ふりがな お名前				明治　大正 昭和　平成　　年生　　歳
ふりがな ご住所	□□□-□□□□			性別 男・女
お電話 番　号	（書籍ご注文の際に必要です）	ご職業		
E-mail				
ご購読雑誌（複数可）			ご購読新聞 新聞	

最近読んでおもしろかった本や今後、とりあげてほしいテーマをお教えください。

ご自分の研究成果や経験、お考え等を出版してみたいというお気持ちはありますか。

ある　　ない　　内容・テーマ（　　　　　　　　　　　　　　　　）

現在完成した作品をお持ちですか。

ある　　ない　　ジャンル・原稿量（　　　　　　　　　　　　　　）

<table>
<tr><td>書　名</td><td colspan="5"></td></tr>
<tr><td rowspan="2">お買上
書　店</td><td rowspan="2">都道
府県</td><td rowspan="2">市区
郡</td><td>書店名</td><td colspan="2">書店</td></tr>
<tr><td>ご購入日</td><td colspan="2">年　　月　　日</td></tr>
</table>

本書をどこでお知りになりましたか?

1.書店店頭　2.知人にすすめられて　3.インターネット(サイト名　　　　　　)

4.DMハガキ　5.広告、記事を見て(新聞、雑誌名　　　　　　)

上の質問に関連して、ご購入の決め手となったのは?

1.タイトル　2.著者　3.内容　4.カバーデザイン　5.帯

その他ご自由にお書きください。

(　　　　　　　　　　)

本書についてのご意見、ご感想をお聞かせください。

①内容について

②カバー、タイトル、帯について

弊社Webサイトからもご意見、ご感想をお寄せいただけます。

ご協力ありがとうございました。

※お寄せいただいたご意見、ご感想は新聞広告等で匿名にて使わせていただくことがあります。

※お客様の個人情報は、小社からの連絡のみに使用します。社外に提供することは一切ありません。

■書籍のご注文は、お近くの書店または、ブックサービス(0120-29-9625)、セブンネットショッピング(http://7net.omni7.jp/)にお申し込み下さい。

た。そう、実は、源氏の棟梁《とうりょう》、源頼朝の弟である源義経は、平家と密接な関わりがあった。彼は、平家の血筋の天皇である崇徳天皇の娘であり、身を守るために男装をした女だったのである。

骨肉の争いに巻き込まれ、身の危険を感じた崇徳天皇は娘である『あすか』を守るために、自分の形見に横笛を渡して、平家の仲間が落ち延びていた鞍馬山に逃した。幼い義経はそこで育ち、自らの尊い血筋を絶やさぬため、生き延びるための英才教育を施された。

つまり、源義経は血筋、環境、共に平氏の側の人物で、将来は平氏と源氏が和解してよき未来を迎えるために、光の存在が崇徳天皇を通じて源氏側に送り込んだ使者だったのである。

崇徳天皇の計画により、平家の出である義経は、ある程度の年齢になると源氏の出と偽って源氏の内部に侵入していた。実際、兄の頼朝を始めとして、誰一人として彼が平家の人間だと疑う者はいなかったのは奇妙なことだが、これについては、光の存在が関与していたことがうかがわれる。

しかし、安徳天皇をかくまい、逃がそうとした行為から、源頼朝がついに弟の出自に気づくこととなった。そのため、義経は源氏から追われる身となったのである。

平家が滅びた今、もはや京はおろか、坂東から以西に安住の地はなかった。義経は弁慶と一緒に幼い安徳天皇を連れ、平家の血を引く千葉氏の導きによって、まだ源氏の勢力が及ばぬ東北の地へと逃れることになった。

平安時代から鎌倉時代へ――貴族から武家の文化へ――、確かに、時代の流れの必然からすると、源義経の行為は、その流れに逆らうものに見えたかもしれない。平清盛公を筆頭に、平安時代の平家が傲《おご》りたかぶっていたのは事実である。それは貴族特有の〝穢《けが》れ〟を嫌う選民思想からやってくるものであったに違いない。

元々、平氏は光の存在の遺伝子を色濃く受け継ぐ一族であったのだが、権力が絶頂期を迎えると、いつの間にか弱き存在を憐れみ愛するという人としての正しいあり方を多くの人が忘れてしまったのである。

大師は「世の人々が貧しさで苦しんでいたのに、貴族たちはどこ吹く風であった」と言う。

その当時、平家の中でも二つの勢力があった。

片方の平家の人たちは、民が苦しかろうが自分たちは贅沢三昧《ぜいたくざんまい》をして、民衆からよく思われていなかった。

一方、この国の政権を取った今こそ、本当に世を立て直そう、という志を持った人たちも少なからずいた。それが平清盛の娘の徳子や、安徳天皇の一族であり、日本の行く末を考え、民のことを考える聡明で、慈悲深い人たちであった。

ちなみに、平家は戦に負けて衰退したのではなく、実は、疫病が蔓延《まんえん》し兵が弱っている時に攻撃を受け、負け戦が続くようになったのである。

これは「戦いの前に、必ず流行病があり、この後に大規模な戦いがあって文明は滅ぶ」という神々のメッセージが込められている。

平家の人たちの中には、光の存在から証しを頂き、メッセージを受けている血筋があり、その一派は北極星をお祀りする北辰信仰であった。彼らは、源義経や安徳天皇と同じように、やがて源氏の勢力から逃れるようにして東北の地に追いやられた。

光の存在から証しをもらっている平家の人たちが、邪に飲み込まれた人たちだけを成敗していった源義経を守っていたと考えられる。

結局、その平家の人たちの力添えで、源義経は安徳天皇と共に、東北の十和田湖付近に逃げた。その後の源義経の消息は途絶えているが、北海道の日本海側の地に逃げたと言う。

これらの一連の出来事には、十和田湖付近が鍵になっている。

源義経自身が光の存在から証しを頂き、北辰信仰を持っていれば、もし追っ手が迫っていれば、彼が東北から北海道へと逃げるという道筋はごく自然である。

実際、源義経は弁慶とともに北海道に逃げていた。

北海道の江差《えさし》町の祭りの十三の山車《だし》（神輿《みこし》）の一つに弁慶が祀られている。これは弁慶を祀ることで、義経を祀ることを隠していると思われる。

平安時代に活躍した有名な陰陽師《おんみょうじ》、安倍晴明も光の存在から証しをもらった人物であり、北極星を祀る北辰信仰であった。

日本の歴史には、北辰信仰の平家である裏天皇の血筋が大きく関与しており、北辰信仰の平家とそうではない邪なる者たちとのせめぎ合い、あるいは戦いの歴史であったと言えるのである。

3　源義経と弁慶は北海道に渡り、弁慶はチンギスハンになった

よく晴れた夏の日だった。

今、源義経の目の前には、美しい藍色に染まる巨大な湖が海のごとく広がっていた。しかし、その水面は、あの壇ノ浦の海と違って波風がほとんどなく、静まり返って、周辺の緑の姿形を鏡のように鮮やかに映し出していた。それはまさに、今の義経の心の中をそのままに映し出しているようであった——。

ここに至るまでは、気の休まることのない、戦いに明け暮れた日々であった。壇ノ浦の戦場で幼い安徳天皇と出会い、『玄天経典《こくてん》』を手渡されたあの日、あの瞬間から、源義経の運命は一転したのである。

密かに安徳天皇を助けることに決め、その計画が兄、頼朝に露呈してからというもの、義経は源氏の英雄から、一転、裏切り者の身となった。弁慶と力を合わせ、幼い安徳天皇と共に源氏の勢力のまだ及ばない東北へと逃れる日々は常に死と隣り合わせの過酷なものであった。時には僧侶のふりをし、時には武力で突破しつつ、弁慶と共に戦いながら北に向かう旅をして、ついには十和田湖の近くで平家の血筋である千葉氏の庇護《ひご》を受け、ようやく安住の地を得ることができたのである。

中央政権から遠いこの東北では、各地に山賊が跋扈《ばっこ》していたが、義経は弁慶と共に彼らを蹴散ら

し、時には配下に置いていくことで、次第に、この地は穏やかになっていった。

あの鞍馬山での修行の日々も、弁慶との出会いも、源氏の側に潜入して、平家と戦う大将になるという数奇な運命も、安徳天皇を密かに戦場から逃がしたことも、すべては遠い過去のように感じられていた。

今、義経の隣に弁慶が無言で立った。

同じ光景を眺めながらも、その瞳が何を見つめ、何を想っているのか、どういうわけか、彼にはわからなかった……。


十和田湖の近隣の戸来村に、北辰信仰の十字架があり、この十字架の横に二つの墓がある。この二つの墓は、皐姫《さつきひめ》と安徳天皇の二人の平氏の人が来たことを示している。

その後、義経と弁慶は北海道の江差《えさし》の地に渡った。江差に弁慶岩があるのは、実際に武蔵坊弁慶が北海道までやって来ていたことの証しである。

江差に着いた時、弁慶にはまだ戦いの野心があり、大陸に渡ることを夢見ていた。自らの主であり、幾多の試練をくぐり抜けてきた戦友でもある義経に「一緒に行きましょう」と誘ったが、義経は女性であり、その時は弁慶との間に子供をもうけて身も心も母親になっていたので、「われは、もう戦いは望まぬ。この地で静かに暮らしたい」と言って、一人、江差の地に残ったのだった。

弁慶は我が子を連れて海を渡り、モンゴルで活躍して、やがてチンギスハンになった。

チンギスハンになった弁慶は勢力を拡大し、ユーラシア大陸の半分の地域を治めるほどの巨大な

帝国を築くことになる。

一方、義経は、光の存在の導きによって江差の地に残り、人々を導くことを決めた。しかし、義経は、我が子に会えないことを悲しむ日々を送ることになった。

義経は素性を隠し、光の存在や龍神様と通信できる姥《うば》となり、その導きを人々に伝えることで、江差の町はニシンの豊漁で賑《にぎ》わうことになった。こうして、江差における義経の行為は、やがて今に伝わる一つの伝説になったのだった。

江差に伝わる姥神《うばがみ》伝説の〝姥〟とは、実は源義経なのである。

4　江差の祭りは次元上昇を現す

江差には、北海道最古の神社とされる姥神大神宮がある。この神社の本殿の横の祠には、天満宮の天神様（菅原道真公）が祀られている。菅原道真と源義経――史実では文と武の象徴であり、何の繋《つな》がりもないように見える二人は、実は、光の存在の血筋である平家の一族の流れの中で繋がっていたのである。

ここでは北海道最古の夏祭りである姥神大神宮渡御祭《うばがみだいじんぐうとぎょさい》が行われ、伊達正宗公、楠木正成、日本武尊命《やまとたけるのみこと》、神功皇后など、十三体の人神が祀られている。

この祭りでは、猿田彦命《さるたひこのみこと》の行列に先導された十三台の山車《だし》の行列が町を練り歩く。弁慶も十三人の人神の一人として祀られているが、これは前述したとおり、義経自身がこの地にいて活躍したことを隠すために、代わりに弁慶を人神の一人として祀らせたのであろう。

山車上には依代として一本のとど松を立て、神が降臨する神域を作っている。

この地に住んでいる人々は光の存在に寄り添う御魂の人たちであり、この祭りは次元上昇を表している。

輪廻によって次元上昇を表すのが、姥神神社と江差の祭りである姥神大神宮渡御祭である。苦労して努力しないと神の道に入ることができない、という戒めが、この祭りの中に組み込まれている。

この江差の祭りでは、神を乗せた神輿《みこし》は姥神神社の階段を何度も登り降りして、ようやく神社の境内に到着する。そこから神社の本殿に向かい、そこで御魂入れがなされる。

これは人が神に近づくために、どうしたらよいか、という方法を意味している。

そのまま何も考えずに、漠然と生きていては駄目だということを示している。

祭りの山車が十三台の十三は、十と三で、大神＝創造神を意味する。その一つ一つの山車の神や偉人が集まって、創造神を表現しているのである。

5　姥神大神宮渡御祭《うばがみだいじんぐうとぎょさい》は神を讃える理想的な祭

この祭りには、もう一つ、現代の人々が忘れている大切なメッセージが込められている。

江差町を馬鹿羅《ばから》で解くと「清らかな水の上に、工夫された町を作り上げ、完成された人の営みがある町であり、神を讃《たた》える町だからこそ栄えている」となる。

清らかな水の上に、工夫された町の意味は、「龍神のもとに正しい進化を遂げる町を作りなさい」という意味である。

江差町がニシン漁で繁栄する前に、苦しい時代があった。

江差町とその周辺地域が干ばつで凶作となり、食物が不足し、人々は飢えに苦しんでいた。

江差の人たちは漁をやっていたので何とか食べていけたが、自分たちの食べる分を減らして、周りの地域で飢えで苦しんでいる人たちに食物を分け与えた。

それを見ていた龍王が出てきて、この水を海に撒《ま》けば大量のニシンが来ると、ある壺《つぼ》に入った水を姥（義経）に手渡した。その姥はその水を海に撒き、それからニシンが大漁になり、江差町は栄えたのである。

〝ニシン〟を馬鹿羅で解くと、〝二神〟となり、青龍と白虎の力のことを指す。

ニシンを食べると未来の精神が養われると言う。

江差の人たちは、周りの人たちが苦しい時に「苦しい時はお互い様だから」と声をかけて自分たちを犠牲にし、みなを助けてあげていた。

だからこそ、江差の人たちはあのような祭ができるのである。

光の存在は、我々に、人として江差町の人々のように生きなければならない、ということを教えている。

だからこそ、この町の姥神大神宮渡御祭は、神に授かった力を使って世の中を変えていこうとした伊達正宗や水戸光圀など、歴代の英雄たちに感謝し、彼らが神の望む人としての生き方をしていることを報告しているのである。

馬鹿羅で、この祭に込められているメッセージを解くと、次のようなものになる。

「神の言葉は新しい町を作り、豊かな志を考え、人々の繋《つな》がり、信頼の元、明るい年月を重ね、温かい人々との付き合いの元、神からの祝福を得て、礼儀を重んじ無意味な戦いはせず、人々を思いやり清く正しく過ごせば、神から証しをもらい、次の未来への扉は開き、証しを受けた者は神の船へと招かれる」

この言葉には、晩年、光の存在から導かれ、神に寄り添うように江差の人々と生きた義経の想いが感じられるのである。

神の船へと招かれるという意味は、「正しく生きると、神が迎えに来て箱舟に乗ることになる」ことを意味している。

第六章　神々と龍と蒙古襲来

1　天神様の力による『神風』で蒙古軍を撃退

鎌倉幕府の八代執権・北条時宗は、二度にわたる国難・蒙古襲来を撥ね返した後、不思議に思うことがあった。

繰り返しやって来る、一見、恭順《きょうじゅん》な態度を取る元からの使者たちや、巧妙な親しさを装う親書。その背後にある傲慢《ごうまん》さと強烈な支配欲を感じても頑として無視を決め込み、日本を守るために戦うことを決めたのは、確かに自分であった。

結果、鎌倉武士たちをまとめ、九州どころか全国の武士に号令をかけ、二度目の襲来に備えて防壁も築いて戦い、何とか幾万の敵を追い返すことができたのは事実であり、いずれの襲来時も〝神風〟とも言える暴風雨や台風が海に吹き荒れ、元の船が壊滅的な状況に陥ったこともまた事実であった。

まだ若かった自分がこの世界的な侵略国家との関係で妥協せず、徹底的に戦うことを決断できたのは、元に滅ぼされた国・宋からやって来た禅僧・無学祖元の下で修行したことも大きかったかもしれない。

元軍を大宰府まで侵攻させず、追い払うことができたのは、武士たちの奮闘はもちろんのこと、敵軍が慣れない異国の地に遠方から船旅をしてきたため疲弊し、その上、武器不足、兵糧不足に

なったという側面もあったかもしれない。

〝神風〟については、朝廷や、全国の寺社が国難に当たって祈禱《きとう》をしていた成果もあるのかもしれないし、季節柄、自然現象がたまたま異国の船を沈めたこともあるのかもしれなかった。

しかし、それらの要素のどれか一つが欠けても、この国は戦争に負け、元の属国にされていたのは事実であったろう。

だからこそ、時宗はこんなふうに思うのであった。

「まるで、何か偉大な神仏のような存在が、この国を不思議な力で守っていたようだ」と。

偶然と必然が巧妙に入り交じり、二度にわたる奇跡を起こした。

そしてまた、北条時宗は自分自身もその神が描き出した壮大な物語の石つぶての一つでしかないのではなかったか、と考えた。

北条時宗は二度の元寇を撥ね返してからわずか三年後、三十四歳の若さでこの世を去った。まるでこの国を守るために生を受け、自らの役割をまっとうした後はお役御免とばかり、天に帰っていった……。


事実、この二度にわたる異国からの侵略戦争にあたっては、日本という国を守るためには人智を超えた神のごとき存在――光の存在の力が裏で働いていた。

平安時代の末期、平清盛公が日宋貿易で財を成した時のことである。清盛公は蒙古とも通じ、日本に何かあるときは蒙古が日本に手を差し伸べるように、と話をつけていた。

しかし、その後、清盛公は倒れ、平氏が壇ノ浦の戦いで敗れて滅び、一一八五年に源頼朝による鎌倉幕府が成立することになった。そのことで、光の存在の一二〇〇年間にわたる計画が、「日本は海外の影響を受けず、独自に正しい進化の道を歩むよう」という言葉に変更されたのである。

元とその属国である高麗は、一二七四年と一二八一年の二度にわたって対馬、壱岐島を経て日本に侵攻してきた。二度にわたる元軍の襲来で、二度とも元軍の数千の船は、台風によって沈んだ。これを日本人は〝神風〟と呼び、史実に残している。

光の存在は「多数の船を沈め、日本を守ったのはすべて我の力なのだ。もしその時に台風を起こさなければ、今は日本という国はなかった」と言う。

確かに、そうである。もし、この二度の元寇を阻止できなければ、今の日本という国は存在しなかったであろう。〝神風〟で元寇を阻止したことは、それほど重要であったことがわかる。

対馬の地元の人しか知らないある場所に、光の存在を示す伏族《ふせぞく》の証しがあるという。

「対馬」は本来、「津島」と書く神聖な島である。

対馬には多くの神社があり、その中のいくつかの神社には人が入ってはいけない聖地（禁足地）がある。そこには裸足で入り、帰ってくる時は頭を押さえて「いんのこ、いんのこ」と唱えながら後ずさりして戻らなければならない。その時、後ろを決して振り返ってはいけない。そうしないと呪われ、その場所に閉じ込められる、と言われている。

今、その神の島である対馬が、隣の大陸の国に乗っ取られようとしている。

我々（現代の光の存在に導かれし者たち）は光の存在から「他国の乗っ取りを上手く止めるには、其方たち資格者がその聖地を訪問して龍道を開いて強化し、多くの元寇の船を沈めた対馬の神々を今、目覚めさせなければならない」と伝えられた。

そこで、二〇二一年十一月初旬、対馬の神々を目覚めさせ、龍道を開くために我々は壱岐島と対馬に向かった。これらの地を訪れ神事を行って、対馬の神々を目覚めさせたのである。

対馬の神々は現在、我々の活動を手助けしてくれている。

この時、今まで人々に伝えられていなかった多くの情報を得ることができた。

この聖地は、天道信仰最大の聖地である八丁郭《はっちょうかく》であり、天道法師の母親が眠る、と言い伝えられている。

光の存在は、「対馬は少し特殊な場所で創造主が宿るが、そこには特殊な空間ができている。この三次元世界は右回りと左回りの渦の中に存在するが、対馬にはそのどちらにも属さない渦がある」と言う。

対馬は、日本の他の聖地やパワースポットなどとは性質が異なり、宇宙的な力が相当強く働いている強力なパワースポットなのである。

2　対馬の龍の宝玉の意味

元の侵略から日本を守った対馬の龍神が持つ宝玉の正体は、真珠である。この真珠は竜宮の宝玉であり、それが法力の源である。

この龍の宝玉を持つことで、奇跡が現実に起こる。しかし、奇跡は、奇跡の存在に気づいた者のみに起こり得るのである。すなわち、龍神の起こす奇跡とは、その龍の宝玉を扱う者の御魂の信仰に託される力なのだ。よって、奇跡が起こる確率は非常に低いが、その奇跡に気付くと、その力は無限のものになるという。

しかし、この力には一つの弱点がある。それは水を上手く扱えない場所、あるいは山からの聖水が届かないような水の力がない場所では、炎や熱の力に対して非常に脆《もろ》いのである。

対馬は、山からの聖水が届かない島であり、謂《い》わば、日本の鬼門の場所に当たる。

鎌倉時代、炎や熱を扱う異国の民――とりわけ、戦争に火薬を使う蒙古――は、日本という国の弱点であり、天敵であった。そこで蒙古は対馬という鬼門に気付き、邪神の力を引き連れて、この神の国を潰しにかかってきたのである。

その時代、光の存在である神々は、次の世界のために用意していた龍の宝玉を対馬に封じ込めていた。この宝玉がもたらす力は、孔雀《くじゃく》明王の力であると同時に、かつて皐姫《さつきひめ》が法力として使っていた虹の力の源でもあり、その力は天神様の力でもある。

八個ある宝玉を、黄泉《よみ》の国の王の契約のもと、八大龍王という八体の龍王に託そうとし、その監視役として、一人の姫を対馬に守り神として使わしていた。この姫は、豊玉姫と呼ばれる巫女であった。

光の存在と龍王に託された宝玉の奇跡の力によって、邪神の力を引き連れてきた異国の民の攻撃は、失敗に終わった。

元寇の危機が終結を迎えた後、対馬に封じ込められた龍の宝玉は八大龍王の力として、黄泉の王の監視下に置かれた。

この宝玉は日本の神々の最大の力となっていると同時に、未来においては、この世界の次元上昇の時に使われるのである。

3　元寇は対馬の龍の宝玉を奪うのが目的

元寇とは、単なる侵略戦争ではなかった。

神々の観点から見れば、この戦争は光の存在の力の源でもある宝玉を狙う邪神たちが、日本を取り囲む海外の国をそそのかして仕掛けたものだったのである。

実は、元寇があった時代、龍の宝玉を奪おうとして、他の外国の船団もたくさん対馬にやって来ていた。

光の存在によって封じ込められて完成された宝玉は、八大龍王に託される前、豊玉姫の巫女が持つ真珠貝の中で管理されていた。龍の力の源となる宝玉を維持するには、暗い場所で保管する必要があったのである。それ故、豊玉姫の巫女が強い頑丈な真珠の貝に閉じ込めて、誰が攻撃しても守られるようにして、何年間か真珠の貝に閉じ込めて保管していたのだ。

その宝玉を対馬の守り神である八体の八大龍王に一つずつ渡そうとしていた時期に、邪神に導かれた異国の民が龍の宝玉を奪いにやって来たのだった。しかもその時期、対馬は龍が産卵する場所で、龍の卵を強くするために龍を守らなければならなかった。当然、豊玉姫の力も削がれる。すなわち、元寇の時代は対馬という場所も、時も、外敵にとっては宝玉を奪う千載一遇《せんざいいちぐう》の機会であったのだ。

龍の宝玉をめぐり、光の存在に敵対する宇宙的存在の影響を受けていた海外の国は、光の存在に守られた日本を潰してやろう、創造主の力を弱めてやろうと考えていた。龍の宝玉を奪って、創造主（光の存在）の力を奪うつもりでいた。

宇宙的観点から見れば、この時代は創造主の交代の時期であり、他の宇宙的な存在が、既存の光の存在に守られた日本が滅びることを望んでいたことを意味する。

今回、対馬の調査で判明したのは、海岸入口に天神様の神社があったことである。

海岸には二つの神社があった。神道的には、始まりが海の幸への感謝を表す海彦、終わりが山の幸への感謝を表す山彦とすると、本来、海彦と山彦という神社の二つが対でなければならない。しかし、海彦である方の神社が天神様の神社になっていたのだ。

なぜ天神様の神社になったかというと、対馬を守るのに、天神様にお願いして、その力を借りたからである。

つまり、天神様という鬼の神の力を借りて、外国の侵略から対馬を守ったのである。

当時、日本は光の存在に守られていたが、龍の宝玉の切り替えの時期であり、日本の対馬は日本の弱点となっていた。

対馬に攻め入って龍の宝玉を奪えば日本を潰せるであろうと、邪悪な宇宙的な存在が海外の支配者たちを動かすように画策したのが元寇であり、それに対抗した光の存在が起こした奇跡が〝神風〟の正体だったのである。

第七章　運命を背負った上杉謙信と武田信玄

1　上杉謙信と武田信玄の出会い

上杉謙信と武田信玄の武勇伝はよく語られているが、今回の物語はその真実を語ったものである。

信玄の顔は亡くなる時、ロウ人形のような顔に変わっていた。複雑な事情があって、信玄の顔はそのように変形したのである。

時は、数十年前に遡《さかのぼ》る。

厳寒の山奥、樹々が霜に包まれ、空気も凍りつきそうな静けさが広がっていた。そこには二人の若者が剣を構え、真剣な表情で向き合っていた。一人は筋肉質の屈強な肉体の持ち主で、眼光鋭い少年だった。もう一人は青い陣羽織に身を包んだ、少女のように繊細で、美しい顔立ちの少年であった。切っ先が交差する度に、冷えきった空気が破られる。

「なかなかの腕前だ」と眼光鋭い少年が笑いながら言った。

「それはこちらの台詞《せりふ》だ！」と少女めいた少年が負けず嫌いな調子で応える。

眼光鋭い少年の剣は素早く、力強かった。少女めいた少年の剣はしなやかで、緻密な動きを見せた。二人の剣は何度も交わり、火花を散らしたが、勝敗はつかなかった。

その後、山小屋で火を囲み、お互いの力量を認め合い、話し合っているうちに二人には無二の友情が芽生えた。だが、お互いに重大な秘密があった。

ある日、その秘密が明かされる時がやって来た。

「実は、私は武田信玄と名乗っている。武田家の後を継がなければならないが、それを見送っている」

眼光鋭い少年がそう言うと、少女めいた少年は「実は、私も上杉家の跡継ぎである上杉謙信である」と告げた。

「では、戦場で会うこともあるだろう」と信玄は言った。「しかし、その際は何があっても、命を奪わないと誓おう」

「同意だ。勝負はしても、無駄な流血は避けよう」

この誓いが二人の間で交わされたことで、武田家と上杉家の戦いは決着が付かなかったのだ。互いが領主になった後にも、武田家と上杉家の軍は何度も衝突したが、兵たちは真剣を使わず、木刀や竹刀で戦って、互いに無駄な流血を避けていた。

川中島の戦いをはじめとして、信玄と謙信の一騎打ちも何度も繰り広げられたが、二人は敵対しているように見せつつ、決して互いの命を取ろうとはしなかったのである。

2　上杉家にかけられた呪縛

諏訪《すわ》湖には、神にまつわる一つの伝説がある。

他にも様々な伝説があるが、これが真実の伝説である。残された他の伝説は、これが本当の伝説につながる道標《みちしるべ》として存在し、それに辿《たど》り着いて、その先を見た者は真実を知ることができる（ここで述べられているそれぞれの場所には、実際に神社や仏像があり、真実を裏付ける証拠が存在している）。

さて、松原諏訪神社には弁財天神社があるが、平安時代、その神社の前で二人の若者――つまり姫と侍が出会い、恋に落ちた。当時は人が神仏に寄り添った時代であったが、一方、宇宙的な邪なる存在と通じることも容易であった。この悪しき力の影響を受けていた藤原氏は、桓武天皇の妹である姫をそそのかし、その姫は、この世界に災いをもたらすことになる禁断の果実を齧《かじ》ってしまった。これが発端となり、神の世界、人間界にも邪が広がるという大惨事に発展した。

その罪として、神仏は、藤原家の十一代後の子孫に呪縛をかけたのである。その世代の藤原家は、すでに上杉家という名前に変わっていた。

つまり、禁断の果実を齧った頃は藤原であったが、十一代後の子孫の名前は上杉であった。

その上杉にまつわる十一代目への神の裁きは、次のようなものであった。

「その国の十一代目の主《あるじ》は女性でなければならず、それを世間に知られてはならぬ。そして八岐《やまたの》大蛇《おろち》を退治して未曾有《みぞう》の天災を防ぐのが十一代目の主の使命である」

その時代は侍の時代であったから、女性が男性の上に立つことはできなかった。そこで、上杉家の人たちは、姫を男装させて当主とした。つまり、それが女性であった上杉謙信の正体である。

このことは生涯通して、上杉家以外の人には知られてはならなかった。十一代目の主である謙信は、神から課せられた使命により、諏訪湖に住む八岐大蛇を退治しなければならない。もし退治しなければ龍道が塞がり、富士山が噴火して周辺にいるすべての民に被害が及び、大多数の人命を犠牲にすることになる――これが上杉家への神の裁きであり、厳しい呪縛だったのだ。

この呪縛により姫は男となり、名前を上杉謙信と変え、その名を勇猛な武将として全国に広く轟《とどろ》かせることになったが、心の中で謙信は、本当の自分は女である、と思っていた。

3　刀八毘沙門天は信玄と謙信の子を預かった

少年の頃に山中で出会った信玄と謙信だったが、ほどなく、謙信が女であり、上杉家の姫であることを信玄は知ってしまった。友情はいつしか愛情に変わり、彼女を異性として愛するようになった。

若い二人が愛し合っているうちに、子供ができた。しかし、もちろんのこと、産むわけにはいかない。世には上杉謙信は男性であり、上杉家の当主なのだから……。

夕焼けが諏訪湖に落ちる頃、若い信玄と謙信は二人でこっそりと出会い、湖畔でこれからどうするべきか、思い悩んでいた。

「いったいどうすれば……」と信玄は途方に暮れてつぶやいた。

「私にもどうしたらいいかわからない」と謙信はお腹を押さえながら不安げに答えを返した。「一つだけ確かに言えることは、見つかったら決して産むことは許されないということだ。仮に産んでも殺されてしまうであろう」

その時、ふわりと風が運んできたようにして、二人の目の前に一人の僧侶が現れた。その名は『刀八《とうはち》』と言った。

「どうしたのだ、何があったのだ?」僧侶の眼差しは優しく、声は穏やかなものであった。

信玄と謙信は剣の修行をし、将来は領主となる身分であったが、まだ子供にも近い年齢である。お互いに心細く、誰かに頼りたかったこともあって、会ったばかりの見知らぬ相手を信頼し、事情の一切を話してしまった。

刀八は黙って聞き終えると、やがて言った。

「私に任せなさい」

刀八は謙信のお腹に手を当てた。突如として、謙信の腹部から眩《まばゆ》い光が放たれた。その光の中から、一人の男の子が取り上げられた。

「この子を育てることは、お前たちにはできない。私がとある由緒ある家に預け、その生涯を保証しよう」

僧侶はさらに言った。

「お前たちに何かあった時には諏訪神社の弁財天神社に来て願いをかけるとよい。毘沙門天の力で守られるであろう」

信玄と謙信は互いに驚きつつ、黙って目を合わせた。

刀八は優しく微笑んだ。

「お前たちには、これから別れて生活しなければならない試練が待っている。争わず、互いに信じる心を持って、自分の運命を突き進むのだ」

言い終えると、刀八の姿が鎧《よろい》を纏《まと》った屈強な仏の姿へと変わり、「我は毘沙門天なり」と明かした。

「吉祥天の御魂を探して旅をしている最中に、お前たちに出会った。私の名前を忘れないように」

毘沙門天はその言葉を残し、光り輝き天へと昇っていった。

信玄と謙信は、無言のままその場でしばらく立ちつくし、やがてお互いの手を握りしめた。どういう理由なのか、からくりがあったのか知らないが、とにかく目の前で奇跡が起こったのだ。二人の愛によって生まれた子に、生き延びる道ができたのである。

二人の視線は湖に落ちる夕陽とともに、明るい未来へと向けられた。「これから別れて生活しなければならない試練が待っている」という言葉が気になったが、自分たちの未来はいつかきっと明るく照らされるであろうと、若い二人は信じていたのだった。

後に、信玄と謙信は自分たちの軍神として、毘沙門天を手厚く祀った。

謙信は〝刀八毘沙門天〟の旗を掲げて戦ったことで知られるが、刀八というのはその僧侶の名前であった。

4　白い狐が皐姫になり八岐大蛇《やまたのおろち》を退治する方法を授けた

夜が深まり、松原諏訪《すわ》神社の参道を照らす灯篭《とうろう》が微かに揺れていた。この場所で謙信と信玄が何度となく密会していたことを知る者はいない。ここには弁財天神社も併設されていた。

数年前、〝刀八毘沙門天〟に助けられた時、「何かあった時には弁財天神社に来て願いをかけるとよい」と言われたことを謙信は思い出し、とある悩みを解決するために一人、この地を訪ねたのだった。

謙信がその石段を登りきったとたん、白い狐が目の前に現れた。その狐は、静かな夜空を背景にして、いつの間にか、幻想的なベールをまとった姫の姿に変わった。

その姫は皐姫《さつきひめ》であった。皐姫は平将門公の長女であるが、ある種の法力、時空を操る虹の力を持ち、時空を超えて現れたのである。

「どうしたのだ。そなたはなぜ女なのに男の姿をしているのか、どうしてそんなに思い悩んでいるのだ」とその姫は柔らかな声で尋ねた。

謙信は心を開き、告白した。

「自分には八岐大蛇《やまたのおろち》を退治して未曾有《みぞう》の天災を防ぐという使命が課せられているのです。その怪物を退治しなければ富士山が噴火し、大地震が起きます。それを防ぐ方法はただ一つ、八岐大蛇を退治することなのです。しかし、私の力では……」

姫は神秘のベールの奥から、次のように言った。

「神の力を以って戦えば、その怪物もを倒せるだろう。そなたに三種の神器の力を授けよう」

「三種の神器を？」謙信は相手を疑った。三種の神器と言えば、天皇家だけが持ちうるこの国の宝であり、そう簡単に持ち出せるようなものではあるまい。

「八岐大蛇は、神の力を以って戦わないと倒せない」と姫は続けた。「ここに今、私が集めてきた三種の神器がある。この三種の神器の使い方を教えよう。この三種の神器は神から使うことを許された証しを持つ者のみが使うことができる。まずこの剣——天叢雲剣《あめのむらくものつるぎ》は八岐大蛇を殺すのに使うが、方法として、首と尻尾を同時に切り落とさなければならない。そして首は、神の剣でしか切り落とせない。それが三種の神器の剣である。もう一つの尻尾を切り落とすには、戦いの際に二人で協力しなければならない」

「二人で？」謙信は首を傾げた。

「そう。一人では八岐大蛇は倒せない。其方の生涯における相棒や親友を探し出し、その者に三種の神器の鏡をかざせ。もし鏡に映らないならば、その者こそが神の意志に仕える者だ」

「鏡に映らないのが証しであると？」

「そのとおりだ」と姫は答えた。「その者が現れた時に、この三種の神器の勾玉を二つに分けて、そなたが白の勾玉を持ち、相手に黒の勾玉を与えなさい。その勾玉の力を使って同時に攻撃をすると八岐大蛇を葬ることができるだろう。しかし、まずは共に戦ってくれる運命の相手を探さなければならない。八岐大蛇を退治するにはその人の力が必要だ」

　その時、神社の陰に隠れていたもう一つの影が現れた。

　それは武田信玄であった。手紙によって、謙信の苦悩を知った信玄が、刀八毘沙門天に言われた言葉を思い出し、その地を訪れていたのだった。お互いが刀八毘沙門天に言われた言葉を信じ続けていたのである。

　謙信は深く息を吸い込み、自分に課せられた使命について告白した。

「信玄、実は十一代目の主《あるじ》である私には重大な使命が課せられている。この使命を果たさねば、富士山が噴火し、天変地異が起きてしまうのだ。それが神の裁きだと僧侶は言っていた。なんとしても上杉家に生まれた私が八岐大蛇を退治しなくてはならない。力を貸してくれるか？」

「もちろんだ」と信玄は迷わず答えた。愛する者の力になれなくて、何が武士であろうか。

　信玄を三種の神器の鏡に映すと、その中に姿は映らなかった。

　謙信は信玄に黒い勾玉を渡し、白い勾玉は自分が持った。

こうして、八岐大蛇と戦う二人の戦士が揃《そろ》ったのである。

しかし、謙信にとって信玄は親友でもなければ、共に戦ってくれる戦士でもなく、愛する恋人であった。子供ができた後は運命に引き裂かれ、長らく会うことができなかったが、謙信にとっては彼と過ごした日々がすべてだったのである。

女性として愛する男と共にいたい――それこそが自分の真実であった。上杉家の当主としての今の自分の人生は、姫として生きることを許されなかった偽りの人生であったことに気がついていて、苦悩していた。

しかし、本物の自分に返り、真実を告白することでこそ心が解放され、神の力を使うことができる、と確信したがゆえに、人生で唯一愛した男である信玄に、自分に課せられた呪縛を解く助力を求めたのだった。

白狐の姫は、最後にこう言って二人を送り出した。

「其方たちの絆《きずな》がすべてだ。その絆の強さが勝敗を決する。絆によって力が倍増し、八岐大蛇を葬る力が生まれる。だが、それでも勝負には運というものがあり、何が起こるかはわからない。気を引き締めて行くがよい」

5　八岐大蛇《やまたのおろち》との戦い

月明かりが暗い森を照らし出す中、信玄と謙信は邪悪なオーラに満ちた巨大な八岐大蛇《やまたのおろち》と対峙《たいじ》していた。二人の心の中には、白い狐が化けた美しい姫からの忠告が響き渡っていた。

「首と尻尾を同時に切り落とせ」

謙信は静かに天叢雲剣《あめのむらくものつるぎ》を抜き、その刃は月光に反射して、鮮やかにきらめいた。

一方、信玄は黒の勾玉を手に握り、その神秘的な力で自分の剣を神の剣へと変貌させた。

自分たちには三種の神器があり、神の遣いによって守られている、という確信が彼らの背を支え、押していた。

しかし、八岐大蛇は想像を超える獰猛《どうもう》さで攻撃を仕掛けてきた。八つの首が独自の意志で動き、その尻尾までが致命的な武器となる。信玄が剣で一頭を斬ろうとした瞬間、大蛇の尻尾が突如として鞭《むち》のように襲いかかった。間一髪でかわし、何とか体勢を立て直す。

次から次へと繰り出される猛烈な攻撃に、生身の二人は身を守るのに精一杯で、同時に首と尻尾を切り落とす好機は、中々訪れそうもなかった。このままでは、いずれこちらの体力が尽きてしまうだろう。

「力を合わせるぞ！」と謙信が流れを引き戻すように叫んだ。

瞬間、二つの勾玉が共鳴し、眩《まばゆ》い光を放ち、神の力が解放された。森が一瞬、静まり返った。八岐大蛇がその威力に驚き、一瞬だけ動きが止まった。

その刹那、信玄は剣で大蛇の首を斬り、謙信は天叢雲剣で尻尾を断ち切っていた。大蛇は絶叫を上げながら崩れ落ち、その巨体が地に激突すると、森全体が震え、邪悪なエネルギーが解放され、その黒い煙のようなものは空間にできた次元の裂け目に吸収されていくのがわかった。

勝利の喜びも束の間、信玄の顔に大蛇の返り血が飛び散った。彼の体が、すぐさま不自然な色に変わり始めた。

「信玄、大丈夫か？」謙信があわてて駆け寄った。信玄は地に膝をついていたが、その顔には堪えきれない痛みと闘っている様子が見えた。

「これが勝利の代償か……」信玄は痛みを堪えつつ、つぶやいた。

何とか化け物を討伐し、謙信にかけられた呪いを解いて生還した二人であったが、その後、信玄の体は徐々に蝕《むしば》まれていった。様々な療法や、祈禱《きとう》を施したり、光の存在のご加護によってすぐに命を落とすことはなかったが、病は死ぬまで治ることがなかったのである。

しかし、この誰も知ることのない暗闇で行われた二人の戦いは、この国の人々を救ったのだった。富士山は平安時代頃から何度も噴火し、その度に火山灰が降って作物が穫れなくなっていた。民衆は極度の飢餓状態に陥り、数十万人が餓死した。火山活動はずっと続いており、その当時、いつ噴火してもおかしくないと言われていたのである。だが、信玄と謙信が八岐大蛇を倒したことで、江戸時代まで噴火を延ばすことができたのだった。そうしなければ大噴火が起き、乱世の時代、世はさらなる大混乱に陥っていただろう。


この時にこうむった病が原因で、武田信玄は六十三歳で病死した。

その死に顔は、無表情な人形の面のように変化していたというが、それは過酷な運命や病と闘う人生の中、人間的な痛みや苦しみの感情を捨て去り、一切の執着を断ち切ることで、安楽を得る悟りの境地に至っていたからである。

愛する信玄が亡くなってから九年ほど経って、上杉謙信も亡くなった。

謙信が、厠《かわや》の中で亡くなったという伝説がある。

しかし、その伝説は真実ではない。二人の思い出の場所の松原諏訪《すわ》神社の中にある弁財天の神社の前で、静かにその命を終えたというのが真実である。

因みに黒の勾玉を持った信玄の〝玄〟は〝黒い〟という意味がある。

そして謙信の〝謙〟という文字の意味は、〝黒い色を避ける白〟を意味する。

つまり、勾玉の白と黒の力というのは、運命の糸に引かれておのずから彼ら二人が扱うように仕組まれていたのである。

6　諏訪《すわ》湖の八重垣姫の伝説

諏訪《すわ》湖には、八重垣姫の伝説がある。

諏訪湖の真ん中にある公園には八重垣姫の像があるが、この伝説は武田信玄の息子である武田勝頼と上杉謙信の娘とも言われる八重垣姫との恋を物語っていると言われている。

伝説では、上杉謙信が借りていた信玄の兜《かぶと》を取り返すために、八重垣姫の婚約者であった勝頼が身分を隠して潜入したものの謙信に見つかって追っ手をかけられ、八重垣姫の協力によって女装して諏訪湖を渡りどこかの地に逃げ、その地で勝頼と八重垣姫は幸せに暮らした、という物語となっている。

しかしこの伝説は、本当は、信玄と謙信が成し得なかった夢物語を語ったものなのである。本来、二人はこのような幸せな結末を夢見ていたのだ。

それはまだ、当主になる前の頃である。先に述べたとおり、男装した謙信が山の中で剣の修行をしていた時、家を飛び出した不良の侍、若き頃の信玄と出会い、お互いの素性を知った二人は、愛し合って、子供ができた。

このことは謙信の周りにいる身内や家臣だけが知っており、このまま放っておけば信玄は殺されてしまう可能性があった。

信玄を逃がすために、彼の国である甲斐の国（現在の山梨県）に帰そうとして、八重垣姫（謙信）が狐のお面をかぶって船頭に化け、船に菜種をたくさん積んで、付き人たちは歌を歌いながら花を売る花売りの娘に化けた。そしてその中に女装をした信玄が入って、諏訪湖を渡して帰したのである。

この地域は武田家と上杉家で常に領地争いをしていて、国境を越えることは非常に危険な行為であった。その当時は、諏訪湖が国の境界線のようなものになっていたのだ。そのため、怪しまれないように狐のお面を被ってそこを渡っていったのである。

関所では、狐のお面を被った信玄は、番所の侍にとがめられた時、「私は女ですが、顔が焼け爛《ただ》れて見せるわけにはいきません、申し訳ありません」と言ったという。そして「確かに声は女だ、男ではないから通ってよし」と言われて通してもらったのだ。まだ声変わりがする前の年齢だったので、女のような声が出せたのである。

この伝説は、謙信が十三、十四歳の頃であり、信玄もおそらく、同い年くらいであった。

その後、八岐大蛇《やまたのおろち》の討伐の時に、俗世の目には見えない場所で力を合わせたことはあるが、お互いが当主になってから、上杉家と武田家が戦になるまで二人は会っていなかった。彼らはずっと心の中で互いを愛してはいたものの、立場が一緒になることを許さなかったのである。

二人が相まみえたのは、皮肉にも戦場で戦っている最中だけであった。

剣を交えながらも、彼らの眼差しは以前と変わらぬ愛と慈しみに満ち、お互いのことを目で追っていた。過ぎ去った懐かしい日々を思い出しつつ、心を通わせ、目で会話をしながら戦っていたの

風林火山
毘
龍

だった。

しかし、その後も、自国を守り、天下統一を競うという戦国時代の宿命によって武田家と上杉家の戦いは続き、たとえ互いに当主であっても二人が心から望んだ和解は実現することはできなかった。

上杉謙信が敵である武田家に塩を送ったという伝説は、その背後に、彼ら二人が愛し合っていた、という真実があった。

愛する人と敵対し、戦わなければならないという切ない運命――それが戦国の世を生きる二人に課せられた最も残酷な試練であり、表舞台で演じ続けなくてはならない悲劇であった。

7　信玄の〝信〟、謙信の〝信〟、信長の〝信〟
――三つの〝信〟に隠された秘密

若い頃、信玄と謙信の間にできた子供は、成長して織田信長になった。

信長の〝信〟という字は、二人の名前から取ったものだ。

信玄の〝信〟、謙信の〝信〟、信長の〝信〟という三つの〝信〟には隠された秘密がある。

これには北辰信仰の北の守り神である毘沙門天が関わっている。信長がその地位に昇りつめるには、それなりの後ろ盾がないと成し遂げることはできなかった。

毘沙門天は、光の存在の立てた計画を進めるために、二人の子供を由緒ある家に養子に出した。覇王の道を学んで成長した信長は、一躍、天下人に近づくが、当然、毘沙門天から信玄と共に未来のことを聞いていたので、信玄と謙信には手を出せず、目立ったこともできなかった。

信長はある程度この国で事を成した後は、政治や、天下統一に興味がなくなってしまった。そしてキリスト教に傾倒して、本能寺の変で自らを歴史の表舞台から消すことを決め、密かにバチカンに行ってしまったのである。

その突拍子もなく見える行動の根底にあったのは、彼が自分の両親の運命の哀しさを知っていて、供養したいと思っていたからであった。と言うのも、自分の両親が武田信玄と上杉謙信であるとは知られてはならないので、信長は両親の供養を日本ではできなかったのだ。

北辰信仰の十字架とは違う十字架であっても、彼は「十字架の元に私はいます」という、両親への供養と毘沙門天への信仰心を持っていた。

だから、織田信長が本能寺の変で最期に言ったとされる言葉が〝是非に及ばず〟であったのである。

〝是非に及ばず〟とは、当否や善悪をあれこれ論じるまでもなく、そうするしか方法がない、という意味である。

この言葉はおそらく、信玄と謙信の運命に対して向けられたものであった。

史実では、信玄と謙信の年齢は九歳離れている。その当時、織田信長は謙信よりも四歳下であった。その事実だけ見れば、信長との親子の関係は消滅するように感じるが、ここで注意すべきことは、謙信は姫として生まれたが、後に男として当主になっていることである。

男装させると、実年齢より相当若く見えたため、年を下げて公言していたのである。だから歴史では信玄と謙信の間は十歳近く離れていると言われているが、本当は信玄より謙信のほうが一つか二つ上だったかもしれない。二人がごく若い頃に恋をして、十三歳か十四歳の時にできた子供が織田信長というわけである。

刀八毘沙門天は、信玄と謙信から子供を引き取る際、「お前たちと同じ文字を取った名前にするので、会いに来る時にわかるようにするから」と言って連れていったのだが、それが〝信〟の付いた信長という名前だった。

刀八毘沙門天と名乗る僧侶は、織田信長を連れて北辰信仰のきちんとした地位がある家に養子に出し、将来の覇王として育てた。

英雄たちが覇権を競い合った戦国時代の裏側には、そのような真実の歴史が隠されているのである。

8　織田信長は契約の証しである勾玉を受け取る

ある日、尾張の織田信長が、上杉謙信と武田信玄に会いに来た。つまり、公にはせぬものの、両親に面会に来たのである。

その表立った目的は、「刀八毘沙門天を名乗る僧侶から預かっている勾玉を受け取るため」であった。

織田信長は「勾玉を渡してくれさえすれば、静かにここを守ることを誓う」と誓った。親である二人は息子の言葉を信じ、勾玉を渡した。実際、それから織田信長と彼らの間には、一切の戦いがなかった。

しかし、もちろんのこと、信長は自分の両親である武田家と上杉家に対して戦いを挑んだり、滅ぼそうという気持ちは最初からなかったのである。むしろ、二人の結ばれることのなかった運命に対してきわめて同情的で、自分を産んでくれた彼らに感謝するだけでなく、親への尊敬の念も抱いていた。

〝信長〟の〝信〟、信玄の〝信〟、謙信の〝信〟、この三つの〝信〟は人を信じる心を表し、それは三種の神器と変わらない強い絆《きずな》を示している。

黒い勾玉は信玄であり、白い勾玉は謙信を表す。

二人が信長に会った時、それぞれの勾玉を一対にして、その勾玉を契約の証しとして、息子である信長に渡したのである。

これは決して俗世では結ばれることのない家族の絆の証しでもあり、お互いに言葉にすることはなくても、それぞれを認め合い、信じ合っていることを確認する、無言の契約だったのだ。

繰り返すが、信長の〝信〟、信玄の〝信〟、謙信の〝信〟で三つの〝信〟となり、これは人を信じる心を表している。

この勾玉を譲渡する儀式には、上杉謙信と武田信玄、そして織田信長の三人の関係において、この国の平和のためだけではなく、目には見えない形ではあるが、固い信頼で結ばれた一つの家族としても、重要な意味が込められていたのである。

9　勾玉は諏訪《すわ》湖に隠された

白と黒の二つの勾玉は、それが使われるべき未来のため、信長によって諏訪《すわ》湖に隠された。

諏訪湖には、会うことを許されぬ二人が、ある時期だけ、恋人として会うことが許される、という伝説がある。有名な織姫と彦星の伝説は、これと繋《つな》がっている。

信玄と謙信は、男と女としては結ばれない運命にあった。そこで少なくとも人として認め合える立場になるため、互いに出家して、僧侶になった。

二人が共に祀っていたのが毘沙門天であるのは、偶然ではない。謙信が「我、毘沙門天なり」と公言するほど毘沙門天を祀っていたことはよく知られているが、実は、信玄も毘沙門天を祀っている。

信玄が祀っていた毘沙門天は刀八毘沙門天と言う。この神様は勝負運を司っているが、二人が出会っていた若い頃、二人の前に現れた僧侶の名前が、刀八毘沙門天であった。

二人は、自分たちの子供を救い、育てることに協力してくれた刀八毘沙門天に心から感謝していたので、神として祀ったのである。

刀八毘沙門天は、元々破壊と戦いを象徴する神であり、戦国武将に祀られるにふさわしい。その真の姿は、獅子に乗った仏であり、手が何本もあり、槍《やり》や剣も持っている。大威徳《だいいとく》明王という神がいるが、この神は破壊のシヴァ神とも言われ、毘沙門天の化身である。天部の戦いでは、毘沙門天は大威徳明王の姿であった。天部の戦いの後、さらに大威徳明王の姿も変えて、手が何本もある刀八毘沙門天になったのだ。

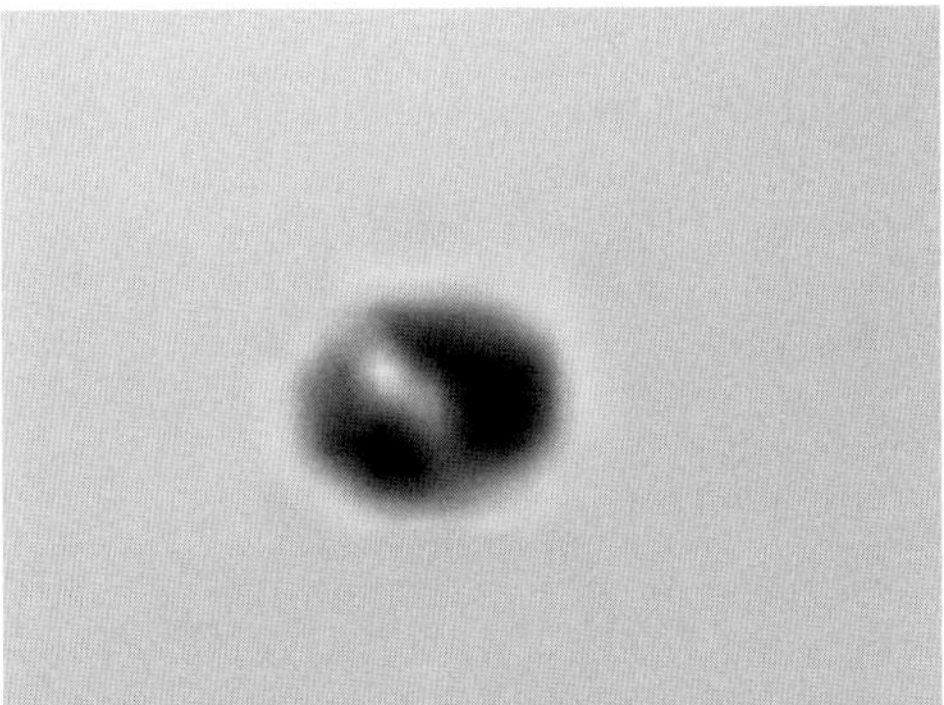

諏訪湖上空に現れた勾玉形のＵＦＯの写真

信玄と謙信の隠された真実は、二人が共に祀った毘沙門天だけではなく、三種の神器、諏訪湖の織姫と彦星の伝説とも繋がっている。

世には知られることがなかった二人の真実の関係が、実は、様々な形で今も残されているのである。

信玄と謙信は愛し合っていたにもかかわらず、戦わなければならない運命であった。いや、それは決して変えることのできない宿命であった。

国を守るために、二人は戦っている振りを続けざるを得なかった。そこで少なくとも友人でいるため、そして自分たちの互いを愛し、求める心を抑えるために、二人は僧侶になったのである。

10　嘘も通せば真実になる

白狐が現れた諏訪《すわ》湖の真ん中に、白狐を祀る神社がある。

その中には、聖徳太子が祀られている。しかし、本当は弘法大師が祀られる所に聖徳太子が祀られているのである。つまり、これは後世に塗り変えられた歴史であり、嘘が真実になったということである。

大師の〝嘘も通せば真実になる〟という言葉は、信玄と謙信の二人にも当てはまる。

人を救うためには、まったくの真実だけでは人々を救えないこともある。嘘も真実であると通すことで、人々を導くことも可能である――そうした神の戒めが、信玄と謙信の運命の中にある。二人は愛し合う男女ではなく、戦国時代の良きライバルであり、英雄として、後世に名を残すことになった。

諏訪湖の言い伝えもまた、同様である。織姫と彦星の伝説で、離れ離れになった織姫と彦星が七月七日の七夕の日だけに会えるという物語――これは信玄と謙信の物語であると同時に、別の時代にも、同じような悲恋が生まれていたのだ。

愛する人と会うことができない、愛する人と敵対し、戦わなければならない、という過酷な運命による出来事は、時空を超えて繰り返されている。

神々が時空を超えることで、一つのテーマが形を変えて、それぞれの時代に繰り返されているのだ。そういう時代には、必ず歴史の転換期が訪れるのである。

今までにも歴史のターニングポイントは何度かあり、その中には、この二人のような秘話がいくつも隠されている。

11　信玄と謙信を導いた白狐は皐姫《さつきひめ》

信玄と謙信の生きた時代は乱世であり、世の中の変化を統一しなければならない時期であった。しかし、その時期が富士山の噴火と重なってしまった。それをかわすため、毘沙門天の神事が行われた。

八岐大蛇《やまたのおろち》を倒して龍道を開き、噴火を防ぐ——それが諏訪湖が重要な役割を果たすための神事であった。

毘沙門天が出てきて、未来のために信玄と謙信の二人を助けたが、実は、その行為は天界から見れば、一つの罪でもあった。なぜなら、それは神に逆らった藤原家の罪を救済するための行為だったからである。

それでも、光の存在の一人である毘沙門天は、二人の運命に同情し、この国の人々を災害から救うために、慈悲の心で運命に介入したのだ。

この物語の真実を知った我々が一番感動を覚える点は、その時に白狐が現れて、二人を導いた、という物語である。

その白狐の姫は誰かと言えば、皐姫《さつきひめ》だったのだ。

皐姫が法力で三種の神器を集めることができたのは、彼女が、父である平将門公から受け継いだ三種の神器の隠し場所を知っていたからである。

皐姫は、その勾玉の力を借りて、信玄と謙信が諏訪湖の悪の化身である八岐大蛇を封じ込めたのである。

皐姫は、青龍の時空を操る力である〝虹の力〟を持つ善如龍王《ぜんにょ》の生まれ変わりである。

ある僧侶が十和田湖の九頭龍を退治したという伝説があるが、皐姫は、三種の神器の鏡を十和田湖に隠していた。

その時は、神の篩《ふるい》の時であった。

この地では天部の戦いがあり、それが十和田湖の伝説に繋がっていると思われる。実際には、皐姫が生まれた時代よりも遥か昔、神々の太古の物語と繋がっている。

これらの繋がりを紐解く時、これまで知られてきた史実や、時空で考えるのは、すべて無駄なことである。なぜなら、皐姫の力は時空を超えて、将門の時代から信玄や謙信の時代、その後の現代まで現れることができ、すべてを繋ぐことができるからである。

すべてを一つに繋げることができるのが皐姫の〝虹の力〟なのである。後世の人の目からは、一見、バラバラに見える現象も、光の存在と繋がった存在からすれば、重要な意味をもつ一本の糸として見えてくるのだ。

つまり、皐姫は、今も我々の時代と繋がって、我々の世を見ているということである。

12　日本三大怨霊が鏡面反転した出来事が信玄と謙信の物語

この信玄と謙信の物語からわかるとおり、邪を封じ込め、物事を変えるタイミングには三種の神器が必要である。それは神がタイミングを見て世に伝えるものであるので、今まで、この事実は世に伝えられてはいなかった。

三種の神器は神のみが使える霊的な装置であり、三種類すべて揃《そろ》ってこそ、その機能を果たすことができる。そして、白狐の後ろには聖徳太子がいたと書かれて祀られているが、〝大師全て一人なり〟であり、実は、この物語の陰には弘法大師がいたことを物語っている。

この物語は、嘘を真実に変える話であり、登場人物自らが歴史を偽り、最後までその偽りの役割を演じ、突き通さねばならなかったという、実に悲しみに満ちた物語なのである。

この二人の物語から、光の存在が私たちに伝えたいのは、次のことである。

日本三大怨霊が、ある意味では鏡面反転した出来事が、この信玄と謙信の悲恋の物語ということだ。つまり、彼らは史実では英雄となっているが、実は、呪われた恋の中に生きるという悲劇の運命の中にいたのである。

一方、三大怨霊というのは菅原道真公、平将門公、崇徳天皇であり、誤解を招いて日本三大怨霊とされているが、実は、そうではなく、彼らこそが光の存在からメッセージを受け取って世のために自らの生を捧げた真の英雄であったということである。

信玄と謙信の二人の関係には、史実では伝えられない事実がいくつもあることは、ここで述べてきた通りである。

そんな二人の運命に大きく関わったのが、大龍王となった弘法大師と白狐の皐姫《さつきひめ》であった。

平将門の娘であった皐姫もまた、哀しくも数奇な運命を生きた女性であり、今生において大きな苦しみと悲しみを味わったからこそ、信玄と謙信の運命に共感し、慈悲をかけ、救おうとしたのである。

そしてこの二人と織田信長とは親子の関係であることも、この世界では誰にも知られていない事実である。

織田信長は晩年、バチカンに行って十字架を祀った。

それもキリスト教の十字架ではなく、北辰信仰の十字架を祀ることによって、神の意志により十字架を通して、両親の冥福を祈ったのである。

〝神それ一つなり〟という文言が、ここでも繋がってくる。

13　信玄と謙信は、邪なる勢力と取引した藤原家の呪いを解いた

謙信の先祖は、藤原家である。

藤原家は天皇家の豪族で、飛鳥時代から存在しており、神に寄り添った時代もあった。しかし、桓武天皇の妹である姫をそそのかして、この世に災いをもたらす禁断の果実を食べさせた。当時から藤原氏は、邪なる宇宙的な勢力と取引していたのである。

当時、天皇の周囲で権力争いを繰り広げる公家などは悪事ばかり働いていたが、その中心である藤原氏もまた、邪に支配された一族であった。

この神から離反する行いによって、藤原氏は光の存在から裁きを受けた。十一代目の子孫に当たる子供が謙信だったが、その国の主は女性でなければならず、それを世に知られてはならず、また、富士山の噴火を止めるという厳しい使命を背負うことになった。

最も権力を持っていた僧侶であった最澄もまた、藤原氏と同様に邪なる勢力の力を借りていたらしい。そのため、光の存在と繋がった弘法大師と敵対し、当時から権力が二極分化していた。

つまり、平安時代から既に、人間を介した物質的な邪なる存在と、反物質的な光の存在との戦いがあったのである。

皐姫が集めた一対の勾玉と三種の神器の一つである天叢雲剣《あめのむらくものつるぎ》で、邪の化身である八岐大蛇《やまたのおろち》は

信玄と謙信によって退治された。この戦いもまた、光と闇の戦いの一つであった。

第八章　織田信長と明智光秀、豊臣秀吉の真実

1　日光東照宮の〝見ざる、聞かざる、言わざる〟三猿の真意

幽玄な月明かりが照らす中、厳寒に凍り付くような安土城の天守閣の最上階には、織田信長と明智光秀が厳しい表情で並んで座っていた。

その目の前には、冷汗をかきながら頭を垂れているひどく小柄な男――羽柴秀吉がいた。

「お前は死にたいのか、それとも生きたいのか？」信長の淡々とした問いかけは、その場の空気を凍り付かせた。

「死にたくない」と秀吉はこめかみに汗をにじませつつ、顔を伏せたまま即答した。

信長の涼しげな口元に、侮蔑と哀れみが入り交じった酷薄な笑みが浮かんだ。

「それなら我の言うとおりに動け。その代わり、其方に将軍として最高の人生を送らせてやる」

「最高の人生？」秀吉は恐る恐る顔を上げ、信じがたいものでも見るように目を大きくした。

「お前をここで殺すのは容易い」と信長は嘲笑《あざわら》うように言った。「だが、我々に協力すれば、お前に天下を取らせてやろう。ただしそれはお前の一代限りだ。従わなければ、さらし首だ」

秀吉は、その提案を即座に承諾した。何より死にたくなかったし、一代限りでも天下を取れるなら、足軽上がりの自分にとっては夢のような話であったからである。

そして信長からの三つの条件〝見ざる、聞かざる、言わざる〟を守る契約を交わしたのであっ

た。

それは徳川家康が、信長たちが用意した影武者であるという秘密。
北辰信仰を広めようとする信長の目的。
そして裏平家の血筋を持つ影武者の家康に、この国を託す計画であった。

実は、徳川家康は一五八二年の甲州征伐の後、信長の配下になっていた真田幸村に殺害されていた。甲州征伐と言えば、織田・徳川連合軍で武田家を滅ぼした戦いであるが、武田家の配下であった真田家は、織田家に仕えていたのである。

この時、既に織田信長と明智光秀が動いていて、まだ十五歳であった若き真田幸村に家康を暗殺させ、影武者として入れ替わることを命じていたのだ。もちろん、この荒唐無稽に見える計画が実現した裏には、光の存在の力が関与していたことは言うまでもない。

信長の側近の一人であった秀吉は、その驚くべき事実の一部始終を見て、知っていたので、朝廷側にそのことを密告しようとしていた。しかし、事前に織田信長と明智光秀が察知し、秀吉を呼びつけ、この契約を交わさせたのである。

織田信長は、秀吉を〝猿〟というあだ名で呼んでいた。

日光東照宮の有名な〝見ざる、聞かざる、言わざる〟の三匹の猿は、実は、秀吉に向けた三つの警告を表している。

元々あの山には猿はいなかった。秀吉に課したこの契約の内容を隠すために猿山にして、三つの猿を暗号として表したのである。

しかも、日光東照宮の地下深くには、亜空間にある地底都市アルザルに通じる神秘的な通路があり、信長と光秀は光の存在からそのことを知らされていた。日本という国を安定させるためには、まだ光の存在や、地下都市の存在について人々は知ることが許されなかった。そこで日光東照宮を建立して、この秘密を隠したのである。

豊臣秀吉が天下を取っている間、信長と光秀は協力して、北辰信仰を広める準備を着々と進めていた。

関ヶ原の合戦で影武者の家康に勝利させ、幕府を開くと、御三家である尾張、紀州、水戸を作り、これらの裏天皇の血筋を引く御三家に三種の神器を一つずつ渡して、これらの隠し場所をどこにするかを伝えた。三種の神器を分散して管理させることで、幕府以外の権力も分散させ、この国の安定を図ったのである。

影武者の家康――真田幸村は、壇ノ浦で源義経がかくまって落ち延びた安徳天皇の子孫であり、平家の血筋を引く裏天皇の家系であった。

江戸時代、徳川幕府は北辰信仰の光の存在と繋がっていた。

それまでは日本は馬に乗り、馬車に乗り、正しい道を歩んでいたが、西洋の文化が入って来て近代化の流れに変わっていった。しかしそれがいけなかった。つまり、禁断の果実による邪が渦巻く世に戻ってしまったのである。

2　江戸時代は、裏平家の時代

織田信長は、母親である上杉謙信と武田信玄の間に生まれた隠し子であった。公家で、安倍晴明の陰陽道の流れをくむ土御門《つちみかど》家に預けられて育てられ、覇王の道を学んだ。

土御門家は、北斗七星と北極星を信仰（北辰信仰）していたのである。

その時、光の存在によって、平家の血筋を持つ天皇家に様々なものを取り戻すための計画が立てられた。鎌倉時代以降、信長が現れるまで、日本は源氏の側が権力を握っていたからである。

〝日本三大怨霊〟と呼ばれているが、本当は神の遺伝子を色濃く受け継いだ平家の血筋を持ち、光の存在の計画のために自らを犠牲にした菅原道真公、平将門公、崇徳天皇の三人がこの世に現れて働いた後、歴史の舞台から平家が消え、源頼朝が幕府を開き、鎌倉時代となった。

天下を取った源氏は平家と反目していたので、鎌倉に平家とはまったく違う思想を持ってきた。鎌倉で祀られている仏像は、剣を持った弁財天などであり、他の地域では祀られていないものがたくさんある。

それから後醍醐天皇が鎌倉幕府を倒し、室町幕府の時代となった。

その後、裏平家が歴史の表舞台に出てくることになる。それが織田信長である。

史実とは異なり、織田信長と桓武天皇の血筋である明智光秀の二人は親友であった。明智光秀は織田信長の相談役で、仲が良かったのだ。

しかし、この二人が光の存在の通信を受け、徳川家康の影武者を立ててこの国の歴史を動かしていることを察知した豊臣秀吉が、よからぬ計画を立てて動こうとしていた。

二人は、秀吉に一代限りの天下を許す代わりに、彼が見聞きした事実を外部に決して漏らさないように命じた。それが〝見ざる、聞かざる、言わざる〟の真意である。

そして、二人が用意した徳川家康の影武者が江戸幕府を作り、長期間平和で、安泰な時代をこの国に形成するに至るのである。

つまり、江戸時代とは、裏平家が作った復活した平家の時代なのである。

3　親友であり、同志であった織田信長と明智光秀

織田信長は、本来、権力への欲がない人間であった。どちらかと言うと好奇心旺盛で、新しいものが好きな研究家気質の持ち主だったのである。

キリシタンと交流する中で、北辰信仰の十字架との共通点を知った彼は、キリスト教に興味を持った。そこでバチカンでキリスト教を研究したいと考えたが、その時の彼はあまりにもこの国において重要な存在になり過ぎていて、しがらみが多く、多忙で自由に外国に行く立場になることが

できなかった。そこで、明智光秀に〝本能寺の変〟という舞台を用意してもらい、歴史の舞台から姿を消す選択をしたのである。

天下を秀吉に譲った後、信長は密かにバチカンに向かった。バチカンに行って、北辰信仰の十字架の元、日本では供養することができなかった哀しい運命を背負った両親（信玄と謙信）を弔う神父として生きたい、と考えていたのである。

織田信長は自身を〝第六天魔王〟と名乗っていたが、〝第六天魔王〟の〝六〟の数字は、天神様の〝六の力〟という意味である。

時に、信長は残酷な所業をしたと伝えられている。しかし、彼が比叡山延暦寺を焼き討ちにしたのは、最澄を始祖とする延暦寺の僧侶が、光の存在の敵である邪なる宇宙的な勢力と組んでいたからである。また、邪に染まった延暦寺が結界の中に位置しており、次元上昇するための邪魔になっていたからであった。

つまり、織田信長は自分のためではなく、常に光の存在と繋がった裏天皇のために働いていた。

信長は安土城に住んでいたが、この城は突如として焼失したことになっている。しかし、城が焼け落ちたという証拠はなく、現存していたはずであった。それでは、なぜ突如として消えてなくなったかというと、ここには現世の次元では測れない、ある力が働いていた。

信長は本能寺で明智光秀に襲われて自刃したことになっているが、バチカンに渡ってキリスト教を研究し、両親（信玄と謙信）を十字架のもとに弔《とむら》い、北辰信仰の教えを伝えていた。その後、日本に帰ってきて、自らの次元を高めた信長は、安土城と共に次元上昇したと考えられるのである。

つまり、ある日突如としてこの次元から消え去ったのである。

本能寺の変で秀吉に討たれたことになっている明智光秀もまた、天海と名乗って別人となり、本物とすり替えた徳川家康の影武者（真田幸村）と共に幕府を支えた。

天海は、日光東照宮を造設した。

徳川幕府が鎖国をした真の理由は、日本独自の文化を残して海外の勢力に取り込まれないようにし、いずれ日本そのものを次元上昇させるという光の存在が目指す究極の目的のためであった。

影武者である徳川家康は、御三家を作った。

徳川御三家は、元々桓武天皇が預かり、裏天皇が隠し持っていた『三種の神器』を預かり、隠した。これらは世の人々に潜む邪魔を滅ぼすために用意した本物の三種の神器である。

千葉県の龍角寺には、玄天《こくてん》経典を受け継ぎ、光の存在のために戦った平将門公が眠っているが、その場所に家康の影武者（真田幸村）が寝泊まりし、平将門公の御魂に感謝して手を合わせていたのは、彼が同じ道を歩んでいたことの証しである。

その徳川家康の影武者の生まれた場所が、現在の東京都江戸川区にある、三つの弘法大師由来の寺に囲まれた地区である。

神の遺伝子を色濃く受け継ぐ桓武天皇の血筋の御魂は、最後は、同じ場所に集まるということである。

第九章　徳川家康の影武者となった真田幸村の数奇な人生

1　真田幸村が徳川家康の影武者になった理由

大坂夏の陣の開戦直前、豊臣勢と徳川勢が最後の決戦を繰り広げようとしている場で、一人の男が運命をひっくり返そうとしていた。真田幸村――この時代〝最強〟と謳《うた》われた武将である。

いや、正確に言うならば、すでに運命はひっくり返っており、もはやこれ以上覆ることはなかったのだ――。

大坂冬の陣の後、大坂城は外堀から内堀まで埋められ、籠城戦は不可能になってしまった。もちろん、冬の陣で徳川勢を嘲笑《あざわら》うように撃破し続けた難攻不落の出城・真田丸は真っ先に破壊された。

こうなると、豊臣勢に付いていた多くの武将や浪人たちは、寝返ったり逃げ出したりするのも必然であった。拮抗《きっこう》していた両陣営の数の均衡は大きく崩れた。豊臣方の軍勢は七万八〇〇〇。十五万五〇〇〇の徳川勢に対し、もはや更地同然になった大坂城での籠城戦では勝つ見込みがなかった。そこで豊臣勢は総大将・家康の首を討つ狙いで、野戦の勝負を仕掛けたのである。

しかし、数の上でも、勝負の流れの上でも豊臣方の圧倒的不利は明白で、たとえ真田幸村や後藤又兵衛のような猛将がいようと、ほぼ大勢は決しているかに見えた。それでも、戦とはわからないものである。寡兵が勢いに乗って大将首を取ることがあるのは、幾度も歴史が証明してきた事実だ。

しかし、一人、勝利を確信して、心を動かさない男がいた。

すなわち、真田幸村である。

とは言っても、本当の彼は絶対的に不利とされる豊臣方にいたのではなく、既に勝利を手中に収めている徳川方にいたのだった。

それどころか、実は、彼自身が関ヶ原の戦いで天下人になった徳川家康その人に成り代わっていたのである。

すべては、この国に光ある未来をもたらすため——若き日の彼は自分自身を犠牲にして、この不条理そのものとも言える驚くべき運命を受け入れていたのであった。

三十数年前、仕えていた武田家が織田・徳川連合軍に滅ぼされた甲州征伐の直後のことである。

彼は、密かに徳川家康を暗殺し、自ら家康の影武者として生きるという修羅の道を選んでいた。

いずれ自分が天下を取り、平家の血筋の幕府を開くために——。

もちろん、この常軌を逸しているとも言える奇想天外な計画は、血気盛んな若き武将であった彼一人の頭で考えたものではない。そもそも、人の力だけでは実現不可能なものであるだろう。何しろ、幸村と家康の年齢差は二回りほども違う。外見のみならず、知識も、経験も、記憶も、人格もまったくの別物なのだ。

実は、この計画は光の存在からの通信を受けていた織田信長と明智光秀が秘密裏に立てていたものであった。

信長と光秀によって、自分が真田家に生まれた次男坊ではなく、安徳天皇の血筋を引く裏平家の人間である、という驚愕の事実を知らされた幸村は、光の存在や、この国を救うための壮大な計画について聞かされた。さすがにこの荒唐無稽な物語に聞こえる話を素朴な心の持ち主であった彼はすぐには理解できなかったし、信じることもできなかったのだが、直接、自らも光の存在からの通信を受けるにおよび、神の存在を実感し、ついに自分自身を犠牲にしてでも、徳川家康の影武者として生きる運命を受け入れたのだった。

もはや自分の人生は、主君に仕える忠実な侍のそれでもなければ、天下を目指す野心ある武将の一人でもない。弘法大師と桓武天皇が立て、平安時代から数百年にわたって続く、壮大な神の計画を実現するためにこそあったのである。

整形手術は、光の存在の不思議な力で行われた。影武者になるための振る舞いや、知識や、記憶も、同様に彼らから与えられたものであった。

もちろん、家康を暗殺して成り代わるのは、簡単なことではなかった。何より、家康は用心深い性格であり、徳川家の側近以外は誰一人として心からは信用しておらず、暗殺することはおろか、近づくことも容易ではなかった。

そこでこの計画を実現するために、彼に仕える忍者集団もまた光の存在と通じ、様々な不思議な術を身につけて、暗殺と家康へすり替わるという不可能に見える計画を可能にしていたのである。

実際に家康を暗殺したのは、望月という真田家の忍者集団である八部衆の女忍者であった。幸村を家康の影武者にすると同時に、幸村本人の影武者を何人か立てたのもまた、彼ら八部衆の仕業であった。

真田十勇士には、猿飛佐助を筆頭に十人の武将がいる。この十人に、真田幸村を加えて十一士となる。

そして、もう一人、目に見えない不思議な力を持っている者がいたが、これを加えて十二神将となる。その目に見えない不思議な力を持つ一人は、帝釈天《たいしゃくてん》であった。帝釈天は、天部の十二神将を従える仏である。

真田幸村には、本物の徳川家康を消さなければならない、という定められた計画があったが、完遂するには帝釈天の協力の下、十二神将の力を用いる必要があったのだ。

すなわち、関ヶ原の戦いで家康が勝利するはるか以前から、光の存在である帝釈天と真田十勇士、それに八部衆の忍者が協力して、徳川家康の暗殺と影武者である真田幸村へのすり替え、という驚くべき計画を既に成功させていたのである。

真田幸村は、史実に残っているような勇猛果敢で、忠義を重んじるだけの武将ではなかった。

いや、おそらく彼の本来の資質はそうであったに違いないが、幸村は主君への忠義よりも、神への忠義を選んで自らの目的を遂行し、日本を良き国にするためにある意味、自らの存在を滅する道を選んだ、決して人の世には理解されぬ運命を歩んだ武将の一人だったのである。

2　徳川勢が勝つように仕組まれていた大坂の陣

ついに豊臣家が滅びるか――運命の一戦である天王寺・岡山の戦いの前夜、徳川家康の影武者である真田幸村は、結界が張られた野営地の一角で、八部衆の忍者の一人である望月と密談していた。

黒尽くめの望月の姿は、目の前にいても、闇に溶け込んでいるようだった。しかし、その両の瞳は、熱い志に燃え、輝いていた。彼女こそは家康を暗殺した人物であり、幸村が影武者になって以降も、常に影になって付き従い、助ける、側近中の側近となっていたのである。

「真田家の者たちには辛い運命だが、致し方あるまい」と幸村は苦渋に満ちた面持ちでつぶやいた。「せめて、彼らに武士としての本懐をまっとうさせてやってほしい」

「承知しております」と望月は頭《こうべ》を垂れた。「もちろん、彼らは勇敢に戦うでしょう。殿の安全は、私たち八部衆が守りますのでご安心を」

「わかっている。そのことについては何も心配していない」幸村は首を振った。「しかし、できる限り自らの力で戦いたい。それこそが真田勢へのせめてもの手向けだ」

「それでは、いざという時まで、我らが出るのは控えましょう」

「そうしてくれ。でなければあまりに真田の者が報われぬ……」

「殿こそ、辛いお立場で……」望月がちらりと主君の顔を見つめた。

「案ずるな。家康に成り代わった頃から、こうなる運命はわかっていた。ただ、家族の者たちだけは何とか逃してやりたい」

「できる限りのことは致しましょう」望月はさっそうと答え、闇の中に姿を消した。


翌日、戦いは激戦を極めた。

一時は真田決死隊が家康の本陣まで辿《たど》り着き、旗本隊が壁を作ってその猛攻を受け止め、壮絶な乱戦にまでなったのである。

決死隊は家康本陣への突撃を繰り返し、ついには家康の馬印を引き倒すまでにいたった。家康が馬印を倒されたのは、武田信玄との「三方ヶ原の戦い」以来である。まさかここまで猛烈な勢いで決死隊がやって来るとは思わなかったので、さすがの幸村が扮《ふん》する家康も、命の危険を覚えたほどだった。

まさに決死隊の剣先が家康の喉元に届こうとした瞬間、八部衆の忍者たちがどこからか風のように現れ、不思議な術を使って彼らを弾き飛ばした。

一瞬の好機を逃し、旗本隊に再び囲まれた決死隊は、少しずつ本陣から引き剝《は》がされ、追い立てられてゆく。

士気では勝っていても最初の勢いが減した瞬間、圧倒的な数の差が響き始める。こうなると、寡兵は脆《もろ》い。真田決死隊も死傷者が増えてゆき、ついには家康の部隊に追い立てられて、安居神社まで撤退していった。

こうして、豊臣勢の最後の矢は折れ、勝利への希望は潰《つい》えたのである。

ほどなく、猛将・真田幸村が戦死したという報せが届いた。しかし、それはもちろんのこと、真田幸村本人が用意していた影武者の一人であった。

そう、幸村は死んでいなかった。

実際は、敵の総大将である徳川家康こそが、彼の影武者となっていた真田幸村本人であったのだから、当然だ。すべては、織田信長と明智光秀の数十年前からの策略によって、関ヶ原の戦いと同様、家康側が勝つように仕組まれていたのが、この大坂の陣の真相であった。

この事実を知らされていたのは、側近である真田十勇士と八部衆の忍者たちだけであり、結果的に、真田家は多くの戦死者を出すことになった。

それでも、幸村はこの日本のためというより大局の見地から、涙ながらに真田家や部下たちを見捨て、徳川家康としての人生をまっとうする運命を受け入れたのであった。

3　真田幸村は天鈿女命《あめのうずめのみこと》の御魂を背負っている

真田幸村の数奇な人生は、能面と密接な繋《つな》がりがある。

能の面には、秘められた力が隠されているという。

能面は無表情だと言われているが、実は、色々な顔の表情がある。上下左右に角度を変えると、怒り、喜びなどの様々な感情が表現できる。その面の特徴が、真田幸村たちの神事の礎になっている。その表情には、彼らの御魂と通じるものがある。

幸村は戦に向かう時、仲間の前で能を舞い、仲間に能の面を贈った。能の面には怒りや喜びのような顔の表情が何種類かある。

安徳天皇の血を引いた彼が、真田家に預けられて勇敢な武将として成長し、自らの出自を知って家康を暗殺し、自身がその影武者となり、光の存在に導かれて裏平家の幕府を開く――まさにこの数奇な人生こそが、一つの言葉でも、一つの表情でも表すことのできない、複雑で、謎《なぞ》に満ちた、余人には計り知れないほどに神秘的なものだったのである。

だからこそ、彼は様々な表情を見せる能を舞うことによって、自らの運命の神秘と胸に秘めた想いを仲間の前で表現したのではないだろうか。

真田幸村に従った甲賀忍者には、猿飛佐助、伊賀忍者・百地三太夫の弟子の霧隠才蔵などがい

ある。

た。その力は正に天狗の力、天狗の技だと言われている。すなわち、光の存在から与えられた技である。

世を正しき道に導くために、光の存在が彼らを導き、悪しき者の命を取りに行ったのである。

正月には、目隠しをしてお多福に目や鼻や口を配置して顔を作る〝福笑い〟という遊びが行われる。お多福は、様々な表情を表す能の面の一つでもあると言う。

お多福の顔には、笑い、怒り、悲しみ、苦しさ、切なさなどが表現され、様々な世の中の出来事、人生に山や谷がある中で、幸せを掴《つか》みましょうというのが〝福笑い〟という遊びをする本当の理由である。

様々な人が作ったお多福の顔の様々な表情から、人間の本当の感情が読み取れる。

子供たちが目隠しをして、闇の中で手探りしてお多福の顔を作る。これこそが、今、この時代でも行われている闇と光が一つになることを意味する。

目隠しをして闇の世界を作り上げ、お多福――つまり天鈿女命《あめのうずめのみこと》という光の存在をうまく表現できるかどうか、が問われているのだ。

天鈿女命は、闇の世界に光をもたらすきっかけをつくった神である。天照大神《あまてらすおおみかみ》が天岩戸に閉じこもってしまった『岩戸隠れ』の際、踊りを踊って天照大神の興味をひき、闇に覆われた世界に光をもたらしたとされる日本最古の踊り子だ。

お多福の元の面である『おかめ』は丸顔で鼻が低く丸い、頬が丸く張り出した女性の仮面だが、これは宮中の神祇官として神楽を行った女官、『猿女君《さるめのきみ》』の始祖・天鈿女命を起源としている。天鈿女命は猿田彦大神と婚姻を結ぶことで、この名になり、おかめ（お多福）のモデルとなったとされる。

顔を上手く笑顔のお多福に作った子は、将来、光の民に寄り添う力が身について、強い人になっていくという。

一方、お多福の顔を怒った顔に作り上げた子は、教育の中でその子の御魂のあり方を変えていかなければならないという。

光に満ちたこの国の未来のために影武者になり、家康を演じ続けた真田幸村は、光と闇を一つにすることで、光の存在の意志に沿う運命を生きることになった。

闇の世界で影武者を演じ、光を導く。

つまり、真田幸村は、闇に覆われた世界に光をもたらした踊り子、天鈿女命の御魂を背負っていたのである。

4　安倍晴明から交代して、真田幸村が天神様になった

〝鬼の門〟を受け持つ天神様であった菅原道真公は、二〇二一年六月十五日からその役割を安倍晴

明と交代した。そのことで〝鬼の門〟は正常な場所に戻り、菅原道真公は阿弥陀如来の御魂に戻ることになった。

安倍晴明が天神様になることで、日本三大怨霊である菅原道真公、平将門公、崇徳天皇の汚名が晴らされることとなり、過去の誤って伝えられた歴史が正常に戻ることとなった。

安倍晴明は、〝迷宮の門〟にいながらこの世を見極める役割を持ち、人の心を導き救い上げた。

二〇二二年一月四日から、天神様であった安倍晴明から交代して、真田幸村が天神様になった。

真田幸村は、学問と道徳を教えるための神である。

真田幸村には天鈿女命《あめのうずめのみこと》がついており、この世と五次元を繋《つな》ぐ〝迷宮の世界〟を司るという重要な役割に就き、光と闇が一つになった。

光と闇を一つにして、光の存在に寄り添う大切さを教えることこそが、真田幸村の天神様としてのこれからの役目であるという。

真田幸村が天神様のポストに就いた理由は、彼の複雑怪奇とも言える波瀾万丈《はらんばんじょう》で、光と闇に包まれた人生が、能の面でしか表せないものだからである。彼は、まさに様々な表情を持つ、お多福の面を背負っている。

真田幸村には光と闇を一つにして光に寄り添う、天鈿女命の御魂がついているのである。

第十章　徳川家康と天海の秘密

1　江戸の町は、弘法大師の設計図を元に作られた

徳川家康の影武者である真田幸村は、元々は平家の北辰信仰の血筋であり、すなわち、裏天皇の血筋であった。

幸村は、現在の東京都江戸川区で生まれ、戦国時代に真田幸村として活躍した後、家康の影武者になって天下を統一し、生まれ故郷を拠点にして江戸を作った。

彼が生まれた土地に、昔、弘法大師が建てた真言宗の三つの寺がある。

一つの拠点を中心に、そこを取り囲むように名前が異なる三つの寺で、歩いてすぐの所に徳川家の寺もある

これらの三つの寺で囲まれた地区は光の存在による結界で守られていたのである。

密集した寺の中には、水天宮もあった。そこを弘法大師が訪れた時、いずれこの地に江戸の町、東の京、つまり〝東の図〟ができあがることがわかっていたので、江戸の町の設計図をある寺に収めていた。

影武者の徳川家康が、弘法大師が収めた設計図を使って、その地に江戸幕府を作ったのである。

今でもそこから車で十五分くらいの所に徳川家の本家があり、そこにその子孫が住んでいる。

千葉県の北斗七星の結界を張った時点で、光の存在は、この地に江戸の町ができることをすでに

予言していた。

徳川家の直系は、それを聞いて知っていたのである。

2　徳川家康の影武者になった真田幸村、天海になった明智光秀

源平合戦で生命に危険が迫った時、源義経に救われて戦地を脱出した安徳天皇は、千葉氏の導きにより一旦は東北に逃れ、その後は今の東京江戸川区の地に移り住んで生涯を送った。

その地には、弘法大師が立ち寄ったとされる三つの真言宗の寺があり、安徳天皇はこの結界で守られた地で安住した。

安徳天皇の血筋で生まれた子供が、徳川家康の影武者である。

一旦は身分を隠すために真田家に預けられ、真田幸村として知られる武将として育てられたものの、光の存在の通信を受けていた織田信長と明智光秀に導かれて徳川家康に成り代わり、豊臣秀吉の治世の後、天下を統一して江戸幕府を開いた。

明智光秀は、豊臣秀吉が天下を取っている間に、次に徳川家康が天下を取るように準備していたのである。

家康の影武者は、光の存在からの通信を受けて、裏平家の秘密として代々伝わる『三種の神器』

の隠し場所を知っていた。そこで徳川御三家にその場所をそれぞれ一つずつ教えていた。なぜなら、その御三家が争わないよう、平等に御三家の力で一つの幕府を成り立たせ、安定させる仕組みを作ろうとしていたからである。

明智光秀は天海となり、家康と協力して日光東照宮を建てた。

天海もまた、光の存在や、弘法大師の意志で動いていたのである。

日光東照宮の本殿の向きは、北辰信仰の北極星の方向を示している。つまり、日光東照宮は、北斗七星と北極星を祀る北辰信仰を示しているのだ。

栃木県にある日光東照宮の鳥居の近くで、我々は高速で飛行する白い葉巻形のUFOの動画を撮影した。この近くには異界からのポータル（門）が存在していて、この白い葉巻形のUFOは、そのポータルから出てくる地底の亜空間（アルザル）の世界の母船であるという。

日光東照宮の地下にはアルザルの遺跡や船があり、それを隠し、日本全国を横断する結界を張るために日光東照宮が建てられたという。

日光東照宮は北の聖なるダム（当別ダム）とゲートで繋《つな》がっていると考えられる。

天海が明智光秀であるという筆跡鑑定が出ないのは、明智光秀は戦いで手を負傷し文字が書けなかったため、数名の者に代筆させていたからである。

家康の影武者である真田幸村は平将門公の子孫でもあり、龍角寺の境内の部屋に頻回に寝泊まり

していた。

光の存在は「関ヶ原の合戦に勝利した日が、神田明神の祭りに値する」と言う。

それは神田明神で手を合わせて戦いに挑み、勝った日が神田明神のお祭りの十月一日だからである。

言うまでもなく、神田明神様は平将門公である。

これで平将門公が龍角寺に本拠地を置いて、その血を引く徳川家康の影武者まで、話がすべて一本の線で繋がるのである。

3 徳川家康に面会したこの世を支配する〝邪なる宇宙的存在〟

天下を取った徳川家康のところに、この世を支配する〝邪なる宇宙的存在〟である三人の使者が何度か訪ねてきて、自分たちの組織に与することと、鎖国を解くことを迫ったことがあった。

しかし、家康の影武者は、「この日本は光の存在の意志によって国が作られている。日本以外の文化を取り入れることはしない」と伝えて、追い返した。

それ以前には、比叡山を作った最澄の前に邪なるものの使者が現れたことがあり、最澄はそれを受け入れて、すでに彼らの影響を受けていた。

弘法大師は、最澄に、「そういう邪なる力に乱されてはならぬ」と警告したが、自らの欲望に支配されていた相手は聞く耳を持たなかった。

最澄の悪しき影響に気づいた織田信長は、この国から邪なるものを祓《はら》うために、延暦寺を焼き討ちにした。実は、延暦寺を焼き討ちにした理由はもう一つあった。

信長が安土城と共に次元上昇するためには、安土城を含む関西の結界の中に悪しき勢力の延暦寺が入っていたからである。信長が安土城と共に次元上昇するには、結界を邪魔する延暦寺を焼き討ちにしなければならなかったからである。

史実では、信長は残酷な性格をしていたと言われている。しかし、歴史の真実は、世俗の価値観ではおよそ計り知ることのできない真実が、その背後にあるのである。我々はただ、その氷山の一角を常識という物差しで測り、判断しているに過ぎないのだ。

平安時代に桓武天皇と弘法大師、そして光の存在である帝釈天《たいしゃくてん》が始めたこの国の未来と人々を救済する壮大な計画が、邪なるものを滅すための光と闇の戦いとして、各時代で繰り広げられてきた。

その中で、桓武天皇の血を引き、今は失われた玄天《こくてん》経典の計画と志を受け継ぐ英雄たちが、世間から誤解され、時には権力から疎まれ、妨害されつつも、自らの運命を受け入れ、光のために戦い、歴史の闇の中に消えていった。

〝三大怨霊〟と呼ばれ、権力者から疎まれた菅原道真公しかり、民衆のために立ち上がり、朝敵となった平将門公しかり、光の存在の遺伝子を色濃く持つ平家の血筋を守ろうとして、迫害された崇徳天皇しかり、である。

そしてまた、平将門公の娘であり、父の意志を受け継いで志半ばに敗れ、過酷な運命を生き抜いた皐姫《さつきひめ》や、その息子の正しい法力を平家に伝えた、皐姫の子供である安倍晴明、崇徳天皇の娘であり、源氏に逆らってでも安徳天皇を守った源義経や、同志の弁慶もまた、この光の存在の計画に連なる人々である。

報われぬ悲恋の運命にありながら邪なる存在を倒し、日本を天災から救った武田信玄と上杉謙信や、自らを表舞台から消し去ることで次なる時代の土台を築いた織田信長と明智光秀、そして徳川家康の影武者として生き、安定した江戸幕府の幕開けを担った真田幸村もまた、同様である。

これら英雄たちの、当時の人々からも、後世の人々からも決して真に理解されることのないだろう孤独な戦いと苦悩は、すべては光の存在がもたらす光を、民衆の中に導くためにこそあったのである。

今、弘法大師等が立てた一二〇〇年にわたるこの国の人々を光に導く計画が、様々な英雄たちによって紡がれ、この国に成就されようとしている。

英雄たちではなく、今を生きる我々こそが、光の側に付くか、闇の側に付くか、試される時が来たのである。

おわりに

この書の中には〝光の存在〟という言葉が頻回に出てくる。〝光の存在〟とは、高次元の知的エネルギー体であり、我々の三次元世界を含む宇宙の創造・破壊、再生を行う高次元の存在である。彼らは、我々人間にわかりやすいように、神仏を名乗ってメッセージを送ってくる。

弘法大師は弥勒菩薩《みろくぼさつ》の式神になるという契約により大龍王となった。その弘法大師を始めとする光の存在による一二〇〇年にわたる壮大な計画は、ただ単に全人類に平等に手を差し伸べるという感傷的なものではない。

光の存在は〝収穫〟と称して、自らの使命に気づき、今生において、その使命を全うする人の正しい御魂のみを選んで、次の新しい宇宙・銀河を形成する生命の種として、一旦、次の次元の世に導くのである。

この書、『真の英雄たちの物語』は小説として出版しているが、〝本当の意味での真実の歴史〟を伝える書である。

我々は光の存在から受けた通信内容を元に現地調査をして謎《なぞ》を解き明かし、判明した事実を、光の存在から受けた通信内容に織り込んで伝えている。

つまり、この歴史書の内容は、著者である私が、考えたり調べたりして書いたものではないことを伝えておく。

弘法大師から「この書が多くの人に読まれて広まることで、この世が正しい方向に向かう力となる」というメッセージをいただいており、この書を多くの人に読んでいただくことが、私の重要な使命である。

この書には、我々の常識では理解しがたい奇想天外な内容が含まれている。しかし、そこは、この世の次元の重なりを考慮し、思考を柔軟にして考えを進めていただき、それぞれの方が一歩、先の未来へと歩みを進めていただきたい。

皐姫《さつきひめ》の慰神碑が完成した二〇二一年夏頃から、日本三大怨霊と言われる菅原道真公、平将門公、崇徳天皇の過去の歴史が正され、この三つの成功した時空が、歪《ゆが》んだこの世の時空と並行して未来に向かって進んでいる。

現在、四つの時空は補正されながら進み、やがて三つの成功した時空と歪んだこの世の時空が融合し、本来あるべき正しい時空ができあがるという。

さらに、この世が正しい未来に向かって的確に歩みを進めるには、この書がより多くの人に読まれることが必要である。

この小説の歴史に関する内容は〝フィクション〟でなく、限りなく真実に近いものである。書物に記載され伝わっている歴史は多々あるが、現在は、歴史上の多くの真実が意図的に隠されている。

今、この時代において、何が真実なのかを見極めるのは、読者の皆様の考え方次第である。しかし、我々は、何が真実なのかを見極めることで、間違った未来を選択しないようにしなければならない。

この書が、過去の出来事を教訓にし、来たるべき新しい未来を作るための礎の書となることを願う。

著者プロフィール

白龍 虎俊（はくりょう たけとし）

1957年生まれ。北海道大学卒業後、外資系製薬会社に勤務。

1995年に医薬品広告会社を設立し代表取締役就任。

2006年に医薬品の開発を行う大学発ベンチャー企業を設立し代表取締役就任。

2019年に光の存在の1200年間にわたる壮大な計画を実施するための会社を設立し代表取締役就任。

現在、ドリームプロジェクトの実施及び全国の聖地の現地調査を実施し、聖地に隠された暗号と高次元宇宙からのメッセージを解き明かしてYouTubeやSNSで発信している。

また、北の聖地にて、新時代の扉を開くための“導きの書”である玄天《こくてん》経典や小説を執筆し、“Dragon Channel” などを配信している。

『高次元宇宙からのメッセージ　神言密教書　玄天経典第一巻』
（2021年11月刊行）
『高次元宇宙からのメッセージ　神言密教書　玄天経典第二巻』
（2022年5月刊行）
『高次元宇宙からのメッセージ　神言密教書　玄天経典第三巻』
（2023年7月刊行）
『凡人林さん』（2022年5月刊行）
『短編集 熟言《じゅごん》一巻』（2022年9月刊行）

●ドリームプロジェクトが配信しているSNS

■白龍虎俊
TikTok @user7488834302756
光の存在からのメッセージや不思議な動画や話を紹介している。

■白龍《はくりょう》Healthy Cook
Cooking science（料理科学）の観点から、肉、魚介、卵などの動物性食材を使わない“美味しくかつ心も身体もリフレッシュする健康的な料理”を紹介している。
https://www.youtube.com/channel/UCFlfAYp1d_NNIsddw6-8ZyA

■Dragon Channel
我々、銀河防衛隊が配信しているＳＮＳである。

高次元の光の存在からのメッセージをわかりやすく皆さんにお伝えしている。また、地上波ではけっして流すことができない光の存在を示す動画や奇跡の不思議な動画も紹介している。

https://www.youtube.com/channel/UC-WLHEdLbQs3xRGXH5XqOcg/videos

■Dragon Channel X
最新配信＆ハイライト配信をツィート
https://x.com/DragonChannelTW

■Dragon Channelのホームページ
https://www.dragonchannel-hp.com/youtube/

■龍神里親フォーラムのお知らせ
龍神様の子供の里親になりませんか？　今、全国各地から集まって頂いた龍神様の子供が我々の施設（北斗七星方堂）にたくさんいます。
https://www.dragonchannel-hp.com/youtube/

■全国のパワースポットを巡る 一三《いさ》の旅Channel
千手大社を背負い、全国のパワースポットや神社を巡って紹介している。
https://www.youtube.com/channel/UC2H8zZiGX7LfXfGCSa9l4Vw

真の英雄たちの物語

2024年７月15日　初版第１刷発行

著　者　白龍 虎俊
発行者　瓜谷 綱延
発行所　株式会社文芸社
〒160-0022　東京都新宿区新宿１－10－１
電話　03-5369-3060（代表）
03-5369-2299（販売）

印刷所　TOPPANクロレ株式会社

ISBN978-4-286-24265-1